GÉRARD DE VILLIERS

S. A. S.

MORT A BEYROUTH

PLON

Couverture : Photo ROLAND BIANCHINI

© Librairie Plon, 1972.
I.S.B.N. 2-259-00061-4

CHAPITRE PREMIER

Harry Erivan observa soigneusement les cages du *pet-shop*. Une seule contenait deux chiots, des caniches, un blanc et un noir. Les mains dans les poches de son imperméable, Harry examina les petits animaux. C'était exactement ce qu'il lui fallait. La patronne, une grosse Libanaise aux traits bouffis, s'approcha et dit en arabe :

— Vous cherchez un chien? Ceux-là sont très jolis.

Sans se retourner, Harry demanda :

— Combien?

Exprès, il avait parlé français. Installé au Liban depuis vingt ans, il parlait l'arabe parfaitement, aussi bien que l'arménien — sa langue natale — et le turc. Mais justement, les Arabes lui rappelaient trop les Turcs. Il n'arrivait pas à les aimer.

— Cent cinquante livres [1], fit la femme.

Derrière les grosses lunettes, les yeux gris et perçants de Harry papillotèrent. Cent cinquante livres! Pour ce qu'il voulait en faire. Sans insister, il battit en retraite et sortit de la boutique. Au moment

[1] Environ 250 francs.

où il montait dans sa vieille Mustang orange, la
femme lui cria :

— Cent vingt!

Il marmonna une injure particulièrement obscène
en turc et démarra, tournant dans l'avenue Clemenceau. Il conduisait lentement car la chaussée
était grasse et ses freins mauvais. Depuis que Ford
était boycotté par les pays arabes pour avoir monté
une usine en Israël, on avait du mal à trouver des
pièces de rechange. Mais il n'avait pas les moyens
de s'acheter une voiture neuve.

Soucieux, il suivit la circulation. La nuit était
tombée. Il ne lui restait plus que deux ou trois
heures. Une seconde, il balança et faillit retourner
au *pet-shop* au coin de la rue 62. Depuis peu,
chaque rue de Beyrouth avait un numéro. Mais
comme personne n'avait pensé à éditer un plan
correspondant, ce n'était resté qu'une mesure pour
rien. Il était sûr d'avoir le chien à cent livres mais
c'était encore hors de prix. Son sens arménien de
l'économie prenait le dessus. Brusquement, il se
dit qu'un chat ferait tout aussi bien l'affaire. Mais
où trouver un chat à sept heures du soir à Beyrouth?

Harry pensa soudain à un vieux, mi-hippy, mi-
clochard, qui traînait toujours dans les parages de
la rue de Phénicie avec un petit singe et parfois
des animaux à vendre. Aussitôt, il tourna à gauche
dans la rue Chebli, descendant vers la mer. Un
vent violent soufflait sur la rade de Beyrouth et
des paquets de mer déferlaient sur la plage de
ciment de l'hôtel *Saint-Georges*. On se serait cru
en Bretagne.

Harry s'engagea dans la rue Iben Sina tout doucement. Rue de Phénicie, il n'avait pas vu celui
qu'il cherchait. Tout à coup, il l'aperçut et ralentit. Le vieux était là, en face de la station Total,
son singe sur l'épaule et deux petits chiens sur les
bras. Certainement volés. Harry Erivan lui fit signe, se
rangea sur le trottoir et baissa sa glace.

— Combien vends-tu les chiens? demanda-t-il
d'un ton volontairement rogue.

Le vieux lui tendit une boule blanchâtre de poils
mouillés.

— Cinquante livres les deux.

— Je t'en prends un pour dix livres.

L'autre poussa les hauts cris. Harry haussa les
épaules et fit mine de lever sa glace. Ce n'est pas
à un Arménien qu'on allait apprendre le commerce...
Aussitôt, le barbu céda en maugréant. Harry tira
d'un vieil étui de traveller's checks en plastique
deux billets verts de cinq livres et prit le chien
qu'il installa sur le plancher de la Mustang, à côté
de lui. C'était un chiot de race indéterminée qui
ne pesait pas plus d'un kilo. Puis, il repartit et
tourna à gauche, passant devant l'hôtel *Saint-
Georges*.

.*.

Harry dépassa le Parc d'attractions de Raouché,
désert, la grande roue immobile et rouillée. Les
manèges ne fonctionnaient qu'à la belle saison.
Il roulait tout doucement sur la route de la Corniche, vers le sud. La double voie, séparée par un
terre-plein, suivait la côte. Tout le long, des buil-

dings modernes avaient poussé comme des champignons, presque tous achetés par des Séoudiens, et habités par des étrangers. D'innombrables bars à entraîneuses s'étaient ouverts presque à chaque mètre. Soudain Harry aperçut ce qu'il cherchait. La route grimpait et s'éloignait de la mer, séparée de la falaise par un terrain vague légèrement en contrebas. Harry ralentit et s'engagea dedans. La Mustang se mit à cahoter furieusement. A vingt mètres de la route, l'Arménien stoppa, éteignit ses phares et coupa son moteur. A ses pieds, le petit chien jappa. Le flot des voitures quittant Beyrouth continuait à défiler sur la corniche. Si on voyait la Mustang, on croirait à des amoureux.

Pour plus de sûreté, Harry examina soigneusement le terrain vague. Personne. Avec le temps qu'il faisait, cela n'avait rien d'étonnant.

Un Boeing 707 passa au-dessus de sa tête, à basse altitude, et l'assourdit. On avait toujours l'impression que les avions allaient tomber sur la ville. Harry tira de la poche de son imperméable une longue ficelle et attrapa le petit chien réfugié contre ses jambes. Il noua la ficelle autour du cou de l'animal, en une laisse improvisée. De temps en temps, il jetait un coup d'œil dans le rétroviseur. Il avait peu de chances d'être dérangé. Avec les quelques milliers de garçonnières que comptait Beyrouth, un couple avait de quoi s'ébattre.

Après avoir attaché le chien, Harry Erivan prit sur la banquette arrière un attaché-case et l'ouvrit. Il en tira trois morceaux de tube métallique, de la grosseur d'un doigt, munis à chaque extrémité d'un filetage. Il les vissa bout à bout, obtenant un tube d'une vingtaine de centimètres. Les lèvres déjà min-

ces de l'Arménien n'étaient plus qu'un trait. Il
se força à respirer profondément pour reprendre
son sang-froid. Avec d'infinies précautions, il prit
dans une petite boîte pleine de ouate une ampoule
de verre et la fit glisser dans le tube.

Une détente dépassait de la dernière section. En
appuyant dessus on déclenchait un percuteur qui
faisait éclater une capsule dans la section médiane.
Celle-ci actionnait un petit levier métallique qui
brisait l'ampoule de verre glissée dans la dernière
section. Harry vérifia la position de la détente. Il
ne s'était jamais encore servi de cet engin.

Il le posa sur la banquette arrière et prit dans
sa poche de gousset une pilule rose qu'il mit sur
sa langue. Avant qu'il ne l'avale, elle resta coincée
quelques secondes sur sa luette et cela augmenta
son angoisse. C'était de l'atropine, comme on le lui
avait recommandé.

Harry Erivan ouvrit la portière d'un coup d'épaule.
Le vent glacial le fit frissonner. Ramassant le chien,
il le posa par terre, tenant le bout de la ficelle. Ne
voyant rien pour l'attacher, il coinça l'extrémité
sous une grosse pierre, ne laissant qu'un mètre de
mou. Le chiot n'avait pas assez de force pour se
libérer. D'ailleurs, il ne pensait nullement à s'enfuir. Jappant doucement, il fixait Harry avec inten-
sité en remuant la queue. L'Arménien remonta
dans la Mustang en laissant la portière ouverte.
Il prit l'engin et allongea le bras, visant la tête
du chien, à une trentaine de centimètres. De la
route, on ne pouvait voir que le chien et une vague
silhouette dans la voiture.

Il appuya sur la détente.

Il y eut un bruit sec, comme un pistolet d'enfant

et un chuintement. Le chien fit entendre un petit
aboiement, secoua la tête et tomba sur le côté, la
gueule ouverte. Il eut quelques convulsions et resta
immobile. Harry contemplait la petite boule gri-
sâtre, fasciné.

Puis l'Arménien remit l'arme dans l'attaché-case
et en sortit l'ampoule antidote qu'on lui avait bien
recommandé d'avaler après s'être servi du pistolet. Il était si nerveux qu'il la laissa tomber sur le
plancher de la voiture. Avec un juron, il se baissa
et chercha à tâtons. Dieu merci, elle n'était pas
brisée. Il en cassa l'extrémité et en avala le contenu.
Le liquide incolore avait un goût légèrement âcre,
mais très supportable. Il sortit alors de la Mustang
et s'accroupit près du chien. Il le tâta. L'animal
était bien mort. Rassuré, Harry Erivan rentra dans
la voiture : le pistolet à acide prussique fonctionnait
bien.

C'était une arme silencieuse et mortelle. L'ampoule en se brisant projetait de l'acide prussique
sous pression qui tuait instantanément sans laisser
de trace n'importe quel être vivant, à condition
qu'il ait respiré la vapeur à moins de cinquante
centimètres. Par le rétrécissement brutal des vais-
seaux, provoquant une embolie massive en moins
de deux minutes. Lui, Harry, ne risquait rien, à
condition de prendre de l'atropine avant, et ensuite
de boire le contenu de l'ampoule antidote, du
nitrate d'amyle.

Harry mit en route. Il n'avait aucune objection
au meurtre, mais se méfiait des nouveautés. Au fond,
c'était un conservateur. Avec ses cheveux gris un
peu ondulés, sa silhouette lourde et son visage
d'empereur romain empâté, il aurait fait une excel-

lente tête d'affiche pour un parti politique de droite.

Il sortit en marche arrière du terrain vague, abandonnant le cadavre du petit chien. La circulation était déjà plus fluide. Dès qu'il le put, il fit demi-tour et repartit vers le centre de Beyrouth.

CHAPITRE II

La porte de l'ascenseur s'ouvrit silencieusement et Harry Erivan en sortit rapidement. Le grand garage souterrain du building *Starco* était désert. L'énorme bâtiment d'acier et de verre dominait tout l'ancien quartier juif, occupant tout un bloc entre la rue Georges Picot et la rue Rezkallan. Une douzaine de voitures étaient encore garées dans les travées. Harry Erivan repéra tout de suite la Buick verte qu'il cherchait, mais en vérifia pour plus de sûreté, le numéro. Ensuite, il se dissimula derrière une grosse Cadillac noire. Samir Jezzine avait l'habitude de travailler très tard à son bureau. Harry avait dissimulé le pistolet à acide prussique dans un sac de papier marron qu'il tenait à la main.

Le bruit de l'ascenseur qui repartait vers les étages supérieurs le fit sursauter, et il se redressa brusquement. A tout hasard, il avait emporté aussi un petit Beretta 38 court. Bien qu'on lui ait formellement interdit de se servir d'une arme classique pour cette mission particulière.

Tendu, Harry suivait des yeux le voyant de l'ascenseur. L'appareil stoppa au onzième. L'étage où

se trouvaient les bureaux de Samir Jezzine. Le
Libanais descendrait seul, parce qu'avant de ren-
trer chez lui il allait toujours rendre visite à sa
maîtresse.

L'ascenseur se remit en route. Sa descente sembla
pour Harry s'effectuer en quelques secondes. La
porte s'ouvrit sur la haute silhouette de Samir
Jezzine. Le cœur de Harry Erivan se mit à battre
si violemment que l'Arménien eut très peur que
l'autre l'entende. Il avait l'impression d'avoir été
brusquement relié à une pile électrique. Comme
un somnambule, il sortit de l'ombre et s'avança
vers la Buick verte.

Samir Jezzine tourna la tête en entendant le
bruit de ses pas. Voyant un homme en imperméable,
il n'y prêta aucune attention et mit la clef dans
la serrure de sa voiture.

Quand Harry Erivan ne fut plus qu'à un mètre,
derrière Samir Jezzine, il laissa tomber le sac en
papier et étendit le bras.

— Monsieur Jezzine.

Le Libanais, surpris, se retourna brusquement.
Harry Erivan le visait en pleine figure. Aussitôt,
il appuya sur la détente. Cela fit le même bruit
que pour le chien.

Samir Jezzine ouvrit la bouche sans pouvoir émet-
tre un son, demeura quelques secondes immobile
puis bascula en avant et s'abattit contre la carrosserie de la Buick. Aussitôt, Harry s'enfuit en courant
vers l'escalier de service. Il monta les marches
quatre à quatre et émergea dans l'étroite rue Rez-
kallah, en sens unique. Harry s'obligea à parcourir
cent mètres avant de se réfugier sous une porte, de
briser l'ampoule antidote et d'en avaler le conte-

nu. Puis, courant jusqu'à la Mustang, il grimpa dedans et démarra, passant devant la dernière synagogue de Beyrouth, close à cette heure tardive.

Son cœur continuait à battre la chamade et son cerveau était totalement vide. Pourtant, tout s'était passé comme prévu. Il fit le tour du bloc pour repasser devant l'immeuble *Starco*, du côté de l'entrée principale. Tout était calme. Personne n'avait encore découvert le cadavre de Samir Jezzine. Harry accéléra, filant vers le nord. Il avait à traverser tout le quartier de Bab-el-Driss avant de trouver l'autoroute menant à Tripoli et au *Casino du Liban*.

*
* *

— Le sept.

La voix monocorde du croupier fit sursauter Harry Erivan. Machinalement, il ramassa les jetons de couleur, vérifiant d'un coup d'œil que l'homme qu'il surveillait était toujours en face de lui. Adel Jezzine était un peu plus petit que son frère, plus massif, avec un visage rond et des yeux clairs et intelligents, soulignés de poches sombres. Depuis des années, il ne dormait pas assez. Une fille l'accompagnait. Très grande, un corps superbe moulé par un pull et un pantalon rouge très ajustés et l'air totalement idiote, en dépit de superbes yeux bleus. « Elle a une tête de dorade », pensa Harry Erivan. Effectivement, la grosse bouche presque négroïde, le nez camus et les yeux saillants sans expression évoquaient assez bien la faune marine. C'était sûrement une des filles de la revue du

casino présentée au premier étage, une étrangère.

Elle paraissait docile et sensuelle. Harry pensa
qu'en dépit de son air idiot, elle devait bien faire
l'amour. Grâce à sa petite boutique de photographe,
il avait parfois rencontré de ces filles qui se cou-
chaient sans difficulté, simplement parce qu'on le
leur demandait. Fugitivement, il envia Adel Jezzine,
ce qui était idiot...

Harry commençait à s'impatienter. Depuis quatre
heures, il suivait le Libanais à travers le casino.
Plusieurs fois, Jezzine avait presque tout perdu,
mais avec ses derniers jetons, il se refaisait toujours. L'Arménien craignait, en dépit de la foule,
qu'il ne finisse par le remarquer. Chaque fois
qu'Adel regardait dans sa direction, il baissait la
tête.

Par prudence, il s'éloigna un peu de la table.
Aussitôt, le cliquetis obsédant des machines à sous
actionnées sans arrêt lui sauta aux oreilles. Un
peu plus loin, un petit orchestre jouait dans le
vide. De l'autre côté des tables de roulette, des
groupes debout se pressaient autour des croupiers
du *Twenty-One*. C'était la salle la moins élégante.
A droite du hall central, dans la salle de baccara,
il n'y avait pas de machines à sous.

Si personne ne venait prévenir Adel Jezzine que
son frère était mort quelques heures plus tôt d'une
crise cardiaque foudroyante, il était là jusqu'à
l'aube...

Harry se faufila jusqu'à la table de *Twenty-One*
la plus proche, mit vingt livres à côté de la mise
de son voisin et attendit. Le croupier sortit un as
et une dame. Vingt et un. Dépité, le photographe

revint à la table de roulette juste à temps pour
entendre :

— Zéro.

Le râteau rafla des piles de jetons. Il ne restait
plus que deux plaques rouges rectangulaires devant
Adel Jezzine. La « dorade » se pencha à l'oreille
du Libanais et murmura quelque chose. Harry vit
sa lourde poitrine s'écraser contre le veston de
l'homme qu'il était venu assassiner et il en eut
l'eau à la bouche.

Adel Jezzine eut un sourire indulgent, glissa les
deux plaques dans la ceinture de la fille et s'écarta
de la table. Aussitôt, elle se pendit à son bras, béate
et offerte.

Harry Erivan leur emboîta le pas, furieux. Avec
son arme à un coup, il ne pouvait pas tuer les
deux, et de toutes façons, il ne devait toucher
qu'aux frères Jezzine. Il se rassura en se disant
que la fille devait sûrement rester encore au casino
pour le prochain show. Au passage, il rafla son imperméable au vestiaire.

Adel Jezzine et la « dorade » hésitaient devant
le groupe sommeillant des visagistes. Puis ils se
retrouvèrent dans l'immense hall dominé par l'escalier monumental. Au premier étage du casino, on
dînait en regardant un spectacle type *Folies Ber-
gère*, modifié Las Vegas. C'est là que la « dorade »
devait lever la jambe. Pour l'instant, elle s'accrochait
au bras de son cavalier comme une noyée. Mentalement, Harry l'injuria en turc. A son tour, il avait
franchi le barrage des physionomistes. Il vit un
employé se précipiter vers Adel Jezzine et repartir
vers les voitures stationnées en épi devant le casino.
Sa Mustang était garée presque en face de la porte.

La BMW blanche de Jezzine apparut. Le Libanais
et la fille y montèrent. Harry ne comprenait plus.
Il était une heure, et le dernier show auquel elle
participait sûrement commençait dans une demi-
heure.

Au moment où la voiture démarrait, il se précipita à son tour sur le perron. Juste pour voir les
feux rouges disparaître sur la gauche. Pour sortir
du casino, il fallait suivre la façade et repartir
par un chemin en contrebas, qui regagnait plus
loin l'autoroute de Beyrouth.

Dégoûté, Harry fit signe au voiturier d'aller lui
chercher sa Mustang. D'un coup d'œil, il vérifia
que la boîte à gants était toujours fermée à clef.
Il y avait laissé le pistolet à cyanure.

Après avoir longé le casino, il tourna et s'engagea dans la descente. En une fraction de seconde,
ses phares éclairèrent la BMW stoppée le long du
haut mur, tous feux éteints. Sans réfléchir, Harry
freina et s'arrêta dix mètres derrière. Aussitôt, il
éteignit ses phares. C'était l'explication. La « dorade »
disait au revoir à son bienfaiteur avant d'aller travailler...

Deux voitures passèrent, quittant le casino. Leurs
phares éclairèrent une masse compacte sur le siège
avant de la BMW. Un mauvais sourire tordit la
bouche mince de Harry. Adel Jezzine allait quitter
ce monde sur une bonne impression.

∴

Les yeux fermés, la tête renversée en arrière sur
le dossier du siège, Adel Jezzine se laissait faire.
Depuis qu'il connaissait Mireille, c'était la cou-

tume chaque fois qu'il quittait le casino. La jeune Française semblait considérer cet hommage rendu à sa générosité aussi normal qu'un baiser sur la joue.

Il glissa une main sous son pull rouge pour lui caresser la poitrine, et elle creusa l'estomac, complice. Sa tête allait et venait contre lui avec la régularité d'un métronome et la douceur d'un fourreau de velours. Une onde de plaisir brutal secoua soudain ses reins et il se souleva au devant d'elle. Sa main se crispa sur la peau satinée du sein, en griffant la pointe, et Mireille gémit. Mais elle tint bravement jusqu'à ce qu'il retombe, calmé et satisfait.

Lorsqu'elle releva la tête, ses yeux bleus un peu proéminents étaient toujours aussi inexpressifs. Adel l'avait déjà vue dans des situations d'un érotisme inouï, cernée de sexes, de mains, de bouches, l'air toujours lointain. Il se demandait ce qu'elle aimait réellement.

— Il faut que je m'en aille, murmura Mireille.

Gentiment, il lui caressa la poitrine à travers son pull-over, comme on flatte un animal familier.

— A demain.

Il ne put s'empêcher de fixer la belle bouche charnue. Déjà, Mireille sortait de la voiture. Il eut le temps d'apercevoir ses fesses moulées de rouge et regretta de ne pas avoir le temps de lui faire l'amour.

La portière claqua.

∴

Harry s'extirpa de la Mustang au moment où la « dorade » passait devant la voiture. Il courut jusqu'à la BMW, le pistolet à cyanure à bout de bras, dissimulé sous son imperméable, atteignit la portière et l'ouvrit.

Le sourire s'effaça aussitôt sur le visage d'Adel Jezzine en train de se rajuster. L'Arménien tendit le bras à l'intérieur de la voiture et pressa la détente, l'extrémité de l'arme à moins de vingt centimètres du visage de sa victime. Il y eut un chuintement rapide. La bouche d'Adel Jezzine s'ouvrit, sa main esquissa un geste, puis retomba sur le volant. Presque immédiatement ses yeux devinrent vitreux.

∴

Mireille s'arrêta brusquement et porta la main à sa ceinture. Les deux plaques rectangulaires de mille livres n'y étaient plus. Elles avaient dû tomber sur le plancher de la BMW lorsqu'elle s'était agenouillée pour caresser son amant.

Aussitôt, elle fit demi-tour et repartit en courant. La BMW était encore là. Le lendemain, Adel ne serait peut-être pas aussi généreux.

∴

Harry courait vers la Mustang après avoir remis son arme dans la poche de son imperméable. Une voiture déboucha du casino et l'éblouit avec ses

phares. Instinctivement, il baissa la tête, mais eut
le temps d'apercevoir une silhouette qui venait
vers lui!

La « dorade »!

Il n'eut pas le temps de céder à la panique. La
jeune femme le croisa, et son regard glissa sur lui
rapidement, au moment où les phares de la voiture
l'éclairaient. Il se retourna et la vit se diriger vers
la portière ouverte de la BMW. Comme un auto-
mate, il se rua dans la Mustang et mit en route.
La fille était toujours penchée à l'intérieur de la
BMW. Au moment où il déboitait, elle ressortit,
les yeux exorbités. Le grondement de la Mustang
couvrit son cri, mais Harry vit sa bouche grande
ouverte.

Jurant entre ses dents, il accéléra, vira brutalement à gauche et s'engagea sur l'autoroute. Pourquoi diable cette fille était-elle revenue?

Il lui fallut près de dix minutes pour reprendre
son calme. Précipitamment il avala l'ampoule antidote, en souhaitant qu'il ne soit pas trop tard.
Heureusement, il n'y avait presque pas de voitures.
Il ne retrouva vraiment son souffle qu'en passant
le pont de Nahr el Kab. Après avoir décidé de ne
pas parler de l'incident à son chef. Il était presque sûr qu'elle ne pourrait pas le reconnaître.
Inutile de se lancer dans les complications...

Une demi-heure plus tard, il arrivait à l'entrée
nord de Beyrouth. L'estomac tordu par une faim
féroce. Il ralentit en pénétrant dans le quartier
arménien. Là, il était dans son fief. Tout le nord-
est de Beyrouth est occupé par les Arméniens. Les
enseignes sont en arabe et en arménien. Parfois
en français même. A l'est du fleuve, ce sont les

Tachnak, les Arméniens de droite, groupés en un puissant mouvement international. A l'ouest, les maisons plus misérables abritent les Arméniens de gauche, les *Hentchagh.* Ceux dont Harry faisait partie.

Durant les périodes électorales, il avait souvent effectué des descentes dans des petits cafés occupés par les rivaux, portant la contradiction sous forme de grenades ou de rafales de mitraillette... Mais tant que les Arméniens réglaient leurs comptes entre eux, la *Brigade 16,* la redoutable police d'assaut de Beyrouth, se contentait de ramasser les cadavres et les blessés.

Et ces derniers ne parlaient jamais.

Harry Erivan tourna dans une rue étroite et stoppa devant une minuscule boutique, pompeusement appelée *Restaurant Moderne.* Il ferma la Mustang et entra. La minuscule salle qui ne comportait que cinq tables de bois grossier était encore vide. Le patron le reconnut et lui tendit la main.

— Harry! Tu es en avance. Ce n'est pas encore cuit.

Il n'ouvrait que la nuit, pendant trois ou quatre heures, pour les gens des abattoirs et tous ceux qui vivaient la nuit à Beyrouth. Harry se pencha d'un air gourmand par-dessus le comptoir.

— Ils sont bons, ce soir, tes pieds de mouton?

La soupe aux pieds de mouton, c'était son péché mignon... L'autre Arménien contempla ironiquement la brioche de Harry :

— Si bons que tu vas prendre un kilo.

Harry sortit un bout de papier de sa poche et décrocha le téléphone posé sur le comptoir, puis composa un numéro.

Dès qu'il entendit une voix de femme, il dit :
— Ici Harry. J'ai rencontré les deux personnes
que j'étais venu voir et je les ai saluées.

Il avait parlé anglais. Le patron ne parlait que
l'arménien et l'arabe. A l'autre bout du fil, la voix
répondit en arménien.

— Très bien. Vous recevrez bientôt d'autres instructions...

Puis la femme raccrocha.

Harry demeura pensif quelques secondes puis
commanda de l'arak. Il regarda le numéro noté
sur le bout de papier : 235 759. Il ignorait totalement à qui il avait parlé. C'était la première fois
qu'il tuait des gens qu'il ne connaissait pas. Des
Arabes. Depuis longtemps, déjà, il était en liaison
avec le KGB soviétique à cause de ses opinions
gauchistes. Il avait été recruté par le *Rezident* du
KGB à Beyrouth, le lieutenant-colonel Youri
Davoudian, officiellement directeur des Relations
publiques de l'Aéroflot à Beyrouth.

Qui s'était servi de la présence en Arménie
soviétique des parents d'Harry pour faire pression
sur ce dernier. On l'avait ainsi forcé à suivre pendant six mois les cours de l'école du KGB à
Leningrad. C'est sur l'ordre de ce dernier, qu'il
avait été jeter des grenades dans les bistrots des
Tachnaks. Cette fois, il sentait qu'il y avait quelque chose de différent, que l'enjeu dépassait les
bagarres politiques locales.

Youri Davoudian avait bien insisté sur le fait
que ces *Mokrye dela* [1] ne devaient pas avoir l'air

---

[1] Littéralement « action humide ». Meurtre en argot du KGB.

d'assassinats. Voilà pourquoi il avait remis à Harry
le pistolet à cyanure.

— Il s'agit de rendre un très grand service à
l'Union Soviétique, avait-il expliqué gravement.
Je ne peux rien vous dire d'autre. Il ne faut jamais
que les Arabes puissent nous imputer ces meurtres...

L'odeur des pieds de mouton se répandit dans
le restaurant.

— A table, cria le patron.

Harry s'assit. Deux bédouins des abattoirs entrèrent et s'attablèrent. L'Arménien continuait à réfléchir. Pourquoi le KGB avait-il fait assassiner
les frères Jezzine? Il aurait bien refusé la mission,
mais il savait ce qui serait arrivé à ses vieux parents... Deux fois par an, il achetait une livre d'or
et il partait pour l'Arménie soviétique. Avec le
produit de la vente de cet or, ses parents vivaient
heureux, jusqu'à son voyage suivant. L'importation
du métal précieux était une tolérance des Sovié-
tiques...

Le potage dissipa les soucis de l'Arménien. Après
tout, ce n'étaient que deux morts de plus. Cinquante ans plus tôt, les Turcs avaient massacré
trois millions d'Arméniens, sans pitié et sans remords.
Comme l'Académie n'était pas encore arrivée au
mot « génocide », les grandes puissances s'étaient
contentées d'un blâme léger à l'encontre des Turcs.

Harry trempa sa cuillère dans le liquide gras
et se brûla. Il resta la main en l'air, pensant soudain qu'il y avait un troisième frère Jezzine :
Khalil.

∗

— Les maquereaux! Ah, les maquereaux!

Le colonel Wissam Suleiman jeta sur son bureau le rapport d'autopsie concernant Adel Jezzine. Officier des Forces de Sécurité intérieure libanaises — autrement dit les barbouzes — il avait étudié les méthodes du KGB. Pour lui, le crime était signé. Il se leva déployant ses cent cinquante-huit centimètres et alla jusqu'à la grande baie vitrée d'où on dominait toute la ville de Beyrouth avec, au premier plan, le quartier des ambassades. Continuant à marmonner des injures en arabe et en français.

Assis sur une chaise trop petite pour lui, le lieutenant Elie Nabatie le contemplait d'un œil torve. C'est encore sur ses larges épaules qu'allait tomber cette histoire délicate. Elie, avec ses cent huit kilos et son air placide, était le meilleur agent du colonel Suleiman « Abadaye » comme on l'avait surnommé. Le balèze. Les deux hommes avaient une passion en commun : les femmes. Le petit colonel chauve aux yeux vifs était le Don Juan du *Casino* comme les officiers libanais appelaient le grand quartier général des Forces libanaises. Un énorme complexe ultra-moderne édifié sur une colline à la sortie est de la ville. Quant à Elie, il avait un faible pour les danseuses du ventre qui se produisaient au *Crazy Horse* de la rue de Phénicie dans un spectacle d'une obscénité rare.

Le colonel Suleiman alluma une cigarette presque aussi longue que lui et dit avec une conviction profonde :

— C'est ce maquereau de Davoudian!

Elie leva un sourcil broussailleux.

— Il était bien calme depuis le Mirage...

Une lueur gaie passa dans l'œil du colonel Suleiman. Cette fois-là, le Russe chauve, malin et joueur, s'était bien fait avoir en proposant à un agent double américain de voler un Mirage de l'armée libanaise pour le conduire en Russie via la Syrie. En partie, parce que c'était le seul appareil livré au Liban qui comportât un radar de tir. Et aussi pour que le pilote fasse un stop en Syrie et proclame qu'il fuyait un Liban neutraliste et virtuellement traître à la cause arabe...

Cela s'était terminé à la confusion générale des Russes et tous les officiers du *Casino* en riaient encore... Cette fois, c'était plus sérieux. Il y avait déjà deux morts. Des Libanais. Car, si Adel avait été assassiné, Samir aussi. Pour mieux réfléchir, le colonel ouvrit sa bibliothèque et contempla les belles reliures. C'était un bibliophile acharné.

Puis il se tourna vers Elie.

— Elie, il faut coincer ce maquereau de Davoudian...

Elie ouvrit la bouche, et le petit colonel l'interrompit fougueusement.

— Je sais, je sais. Les gens du second étage ne nous laisseront pas faire de peine aux Russes. Mais je ne t'ai pas dit qu'on allait le coincer officiellement... Il faut d'abord savoir pourquoi ils ont tué les frères Jezzine. Il en reste un, tu vas traîner de son côté...

— Si on mettait une table d'écoute chez Davoudian? suggéra le gros lieutenant.

— Paresseux! explosa le colonel. Pourquoi tu

n'irais pas aussi lui demander poliment ce qu'il fait
dans cette merde? Non, tâche de boire un verre
avec Jerry Cooper et dis lui qu'on est bien embêtés... Il sait peut-être quelque chose.

— Ça serait pas une histoire de haschisch avec
Khalil Jezzine?

Le colonel haussa les épaules.

— Le KGB ne tue pas des gens pour du haschisch. Surtout comme ça...

Jerry Cooper, c'était le Résident de la CIA à
Beyrouth. Un garçon presque aussi massif qu'Elie
et aussi placide. Ancien attaché naval établi dans
l'import-export. Parlant parfaitement l'arabe et
avec d'excellentes connections.

Le colonel fumait à courtes bouffées pressées. On
lui demandait toujours de faire des miracles et en
même temps de rester bien avec tout le monde. Son
intelligence agile et retorse était souvent mise à
rude épreuve. Le Liban ne pouvait se permettre
de se brouiller avec personne : ni avec les Russes,
ni avec les Américains ni même avec les Israéliens.
Qui se promenaient comme chez eux dans le sud
du pays, à la chasse aux fedayins... Pourtant, on
ne pouvait pas laisser le KGB liquider des Libanais sans réagir.

— Il est midi, fit le colonel Suleiman. Viens, on va
à la caféteria. Il y a une petite secrétaire, au premier, qui a des jambes fantastiques...

Elie suivit docilement son chef jusqu'à la caféteria
du quatrième étage d'où on avait une vue fabuleuse
sur Beyrouth. Il ne voyait vraiment pas pourquoi
les Russes avaient déclenché ce massacre. Ce n'était
pas dans leurs habitudes...

CHAPITRE III

— Prenez donc du caviar, c'est du Beluga et il est frais. A moins, suggéra Jerry Cooper, que vous ne préfériez des belons, elles arrivent de Paris par avion. Et ensuite des cailles. Elles viennent de Syrie, mais elles sont délicieuses...

Malko obéit immédiatement à la suggestion de l'Américain. Pour une fois que la Central Intelligence Agency le traitait spontanément selon son rang...

— Je vous conseille un Ksara pour accompagner tout cela, continua l'Américain. C'est un vin libanais, mais il est très buvable. Vous savez, on survit très bien au Liban. Même un homme aussi raffiné que vous.

Question survie, Jerry Cooper n'avait rien à craindre. Plus haut de six pouces que Malko, il devait peser dans les deux cent cinquante livres. Pudiquement, il cachait qu'il était ceinture noire de karaté et que, ses lunettes enlevées, il pouvait tenir tête à n'importe quel mammifère à sang chaud... Chef de l'antenne CIA de Beyrouth, il était considéré comme un des meilleurs spécialistes du Moyen-Orient. Malko laissa son regard errer sur l'élégante salle à manger de l'hôtel *Saint-Georges*.

Les baies vitrées donnaient directement sur la mer, la décoration était de bon goût, le service impeccable et la nourriture paraissait succulente. Bien qu'à la plupart des tables on serve de la Contrexéville, du Perrier ou du Vichy avec le respect dû à un Mouton-Rothschild. Une oasis de bien-être. A la table voisine, une jeune femme rousse, la jupe fendue jusqu'à la hanche, déjeunait avec un vieillard recroquevillé et jaunâtre qui mangeait à l'aveuglette sans quitter des yeux les seins de sa voisine. Il y avait beaucoup de jolies femmes, d'hommes élégants, de toutes les nationalités.

Jerry Cooper se pencha sur Malko, l'air malicieux.

— On dit que le *Saint-Georges* est le quartier général des agents secrets pour le Moyen-Orient. Vous voyez la table là-bas? C'est un type de l'IS [1] qui se fait passer pour un journaliste. Le bonhomme très noir au fond, travaille pour Israël. Et la Syrienne blonde, avec sa grosse bouche, a été la maîtresse de tous les hommes politiques du coin. Elle est très recherchée par les confrères, mais un peu mythomane... Quant au grand Arien blond derrière nous, c'est un industriel italien qui a fui son pays après une faillite de cent millions de dollars...

Malko remarqua un petit homme au crâne rasé, assis tout seul à une table, avec au poignet une montre en or grosse comme un réveil. Au Moyen-Orient, on n'a pas l'élégance discrète. La montre qui pèse moins d'un kilo sans bracelet est immédiatement disqualifiée...

[1] Intelligence Service.

Michel, le maître d'hôtel rondouillard et conges-
tionné, s'approcha de la table :

— Ces messieurs ont choisi?

Jerry Cooper lui donna la commande. Malko
contemplait les cargos ancrés dans la rade.

— Vous avez l'air soucieux? demanda l'Américain. Vous n'aimez pas Beyrouth?

— Si, si, assura Malko, mais j'avais une réunion
importante de mon chapitre de l'Ordre de Malte.
Je suis Chevalier d'honneur et de dévotion et cela
m'ennuie de l'avoir manquée...

Les yeux de Jerry Cooper pétillèrent derrière
les verres épais de ses lunettes.

— C'est un peu comme le Ku-Klux-Klan, votre
truc? Comment en fait-on partie?

Malko esquissa un sourire glacial.

— C'est très facile. Il vous suffit de faire la
preuve de vos seize quartiers de noblesse sur cent
ans. Les Italiens se contentent de quatre sur deux cents
ans, mais tout le monde sait que ce ne sont pas
des gens sérieux... Ensuite, la cotisation est très
modeste.

Malko ne disait pas toute la vérité. Tout en
contemplant un Séoudien en train de grignoter
du *chawerma*[1] avec ses doigts il pensait à Alexandra. Une fois de plus, il avait dû laisser sa pulpeuse
fiancée à la garde de son fidèle maître d'hôtel,
Elko Krisantem. Mais la jeune femme commençait
à en avoir par-dessus sa jolie tête blonde de ses
absences. A ses yeux la CIA n'était qu'un prétexte
à d'horribles débauches avec des créatures exotiques
et fatalement dépravées.

---

[1] Mouton rôti.

Comme par un fait exprès, le jour du départ de Malko, elle était vêtue d'une façon particulièrement provoquante, avec de longues bottes souples montant plus haut que le genou et une combinaison de cuir très fin sous laquelle elle ne portait que son parfum. Elle avait esquivé les derniers hommages de Malko alors qu'ils avaient encore vingt bonnes minutes. Ce qui l'avait rempli de vague à l'âme. D'autant qu'Alexandra avait laissé tomber, juste en quittant le château :

— Amuse-toi bien à Beyrouth, Putzi, mais ne reste pas trop longtemps. J'ai rencontré un jeune baron absolument charmant qui veut m'emmener skier à Kitzbühel. Bien entendu, nous prendrons des chambres séparées, mais tu vas me manquer.

Qu'en termes galants...

Malko avait prévenu discrètement Krisantem des mauvaises intentions du baron, et le Turc lui avait assuré que ce jeune homme perdrait définitivement ses attributs virils s'il baisait seulement le bout des doigts d'Alexandra. Même les adieux incandescents et tardifs de cette dernière, qui avaient pourtant considérablement ému les douaniers de Schwechat[1], n'avaient pas dissipé la gêne de Malko. Le temps maussade qui régnait à Beyrouth n'était pas fait pour arranger son humeur. On se serait cru à Anvers.

— A propos, demanda-t-il à Jerry Cooper, la *Company* [2] ne m'a pas fait venir ici pour me montrer une galerie de personnages pittoresques?

Sans répondre, l'Américain sortit un papier de sa poche et le tendit à Malko.

[1] L'aéroport de Vienne.
[2] La CIA.

— Lisez cela.

Malko la déplia. Le sceau *secret-sensitive* sous
l'aigle américain lui sauta aussitôt aux yeux. La
marque réservée aux documents ultra-confidentiels,
émanant directement du brain-trust de la Maison
Blanche. Le texte était très court :

*Il importe d'assurer une protection efficace à
Monsieur Khalil Jezzine, même si cela implique une
« action humide ».*

Autrement dit un meurtre.

La signature intrigua Malko. C'était celle du premier adjoint du Président. En quoi la Maison
Blanche pouvait-elle s'intéresser à un commerçant
libanais? Au point de le faire protéger par la CIA?
On apporta le caviar, et Malko en fut distrait pour
quelques secondes.

— Je ne suis pas garde du corps, que je sache,
fit-il remarquer après le premier toast. Vous auriez
dû dépêcher Chris Jones et Milton Brabeck pour
veiller sur la vie de ce monsieur.

Jerry, la bouche pleine de Beluga ne répondit
pas immédiatement. Le Ksara était très supportable. Bien que Malko regrettât de ne pas avoir un
peu de Saran bien frais pour accompagner le caviar.

— Ce n'est pas si simple que cela, laissa enfin
tomber Jerry. Sinon, nous n'aurions pas fait appel
à vous. Votre château nous revient vraiment trop
cher.

» Nous tenons absolument à ce que Khalil Jezzine demeure vivant. Sinon, une opération sur
laquelle nous travaillons depuis quinze mois va
tomber à l'eau. Voilà ce dont il s'agit. Depuis son
voyage à Pékin, le Président a donné le feu vert

pour intensifier les échanges commerciaux avec la
Chine. Nous avons appris que les Chinois cher-
chaient des *jets* long-courriers. Aussi bien pour
leurs transports intérieurs que pour les lignes inter-
nationales. Ils n'ont plus que quelques appareils
anglais et des Tupolev à bout de souffle...

— Vous allez leur vendre des avions? demanda
Malko suffoqué.

Jerry Cooper, plus placide et éléphantesque que
jamais, inclina la tête.

— Tout juste. Mais ce n'est pas si simple. Ils
ne veulent pas acheter directement au gouverne-
ment américain ou à Boeing. Alors, nous avons
tourné la difficulté. Depuis longtemps je savais que
Khalil Jezzine commerçait avec la Chine, qu'il
avait la confiance des Chinois. Nous lui avons
« suggéré » de leur proposer des Boeings...

— Et alors?

— Ils sont pratiquement d'accord pour en acheter cinquante. Officiellement des appareils « soldés »
par deux ou trois de nos grandes compagnies. C'est
presque vrai... Il n'y en aura qu'une dizaine de
neufs. Mais ces Boeings seront en réalité achetés
par la compagnie de Khalil Jezzine qui les louera
aux lignes aériennes chinoises et en assurera l'en-
tretien...

Malko en restait sans voix. Si on lui avait dit
que les USA allaient livrer des Boeings à la Chine,
alors que quelques mois plus tôt, vendre du chewing-
gum aux Chinois était pour les Américains un
crime de haute trahison...

— Ce Khalil Jezzine sera à l'abri du besoin,
remarqua Malko. Je ne sais pas combien vaut un
Boeing, mais...

Jerry regardait à son tour les bateaux dans la rade.

— Du besoin, dit-il, mais pas des impondérables...

Malko n'aimait pas ce mot dans la bouche de cet Américain massif et placide. Les gens de la CIA avaient un affreux penchant pour les *understatements*...

— Des impondérables en forme de quoi? demanda-t-il suavement.

— De mort violente. Les deux frères de Khalil Jezzine sont morts la semaine dernière. Après que Khalil ait reçu de mystérieux coups de téléphone lui enjoignant de renoncer au marché des Boeings... Un des frères, semble-t-il, d'un arrêt du cœur, au moment de monter dans sa voiture, l'autre, à côté du *Casino*, après avoir « flirté » avec une jolie fille. Celui-là on l'a autopsié : il avait été assassiné à l'acide prussique. Par projection sous pression.

— Par qui?

Le regard de Jerry Cooper devint totalement bovin. Il se pencha vers Malko.

— Par qui, je ne sais pas, mais en tous cas sur l'ordre du monsieur qui déjeune là-bas avec ces deux journalistes libanais : le lieutenant colonel Youri Davoudian, officiellement directeur des relations publiques de l'Aéroflot à Beyrouth. En réalité, résident du KGB à Beyrouth. Mon homologue.

Malko tourna la tête. Un homme aux cheveux gris rejetés en arrière, avec de petits yeux malins, était attablé entre deux Libanais. Il était presque aussi massif que Jerry.

— Pourquoi les Russes?

L'Américain regardait Malko sans le voir.

— Parce qu'ils sont ivres de rage. Si nous ven-
dons des Boeings aux Chinois aujourd'hui, on peut
leur vendre des fusées demain. En plus, ils comp-
taient bien leur refiler leurs nouveaux Tupolev...

Malko regarda les trois cailles qu'on venait de
déposer devant lui. Songeur. Décidément, le *Saint-
Georges* avait une clientèle pleine de ressour-
ces.

— Ils iraient jusqu'au meurtre pour une simple
question de business?

Jerry eut un léger frémissement de la lèvre supé-
rieure. Enervé.

— Vous savez bien que ce n'est pas seulement
du business. Le Président *veut* se rapprocher de
la Chine.

— Si c'est vraiment eux, dit Malko, c'est imprudent de nous montrer ensemble en public.

L'homme de la CIA haussa les épaules.

— De toute façon, dans vingt-quatre heures,
ils sauront qui vous êtes. Ici, tout se sait. Mais c'est
un vrai pique-nique[1]. Les Libanais nous foutent
la paix.

Malko en avait assez de tourner autour du pot.

— Qu'attendez vous de moi exactement? Que je
provoque ce monsieur en duel?

L'Américain avala une de ses cailles d'une seule
bouchée.

— Pas de romantisme. Nous sommes certains
que ce sont les Russes, mais nous ignorons comment. Depuis l'affaire du Mirage, le KGB s'était
tenu tranquille au LIBAN.

» Une délégation chinoise est venue à Beyrouth

[1] Terme signifiant qu'un pays est accueillant aux agents
secrets.

signer le contrat des Boeings. Ils sont ici à l'hôtel.
Or, Khalil Jezzine a peur; il ne veut plus signer
tant que nous ne l'avons pas débarrassé des gens
qui ont liquidé ses deux frères. Et les Chinois
s'impatientent. Ils tiennent à Jezzine parce qu'ils
le connaissent. En plus, aucun autre businessman
n'osera se lancer dans un deal avec les Chinois, si
on en meurt...

L'Américain se pencha vers Malko et dit presque sans bouger les lèvres :

— Il y a quelqu'un dans l'entourage de Khalil
Jezzine qui renseigne le KGB. Sinon, ils n'auraient
jamais su l'histoire des Boeings. Nous avons cherché,
sans trouver. C'est pour découvrir de qui il s'agit
que nous vous avons fait venir à Beyrouth. Ensuite,
nous agirons.

Brusquement Jerry Cooper n'avait plus l'air ni
placide ni rassurant.

— Charmant, dit Malko. Je ne m'occupe pas
des exterminations.

Un ange aux ailes dégoulinantes de sang passa
à travers la salle à manger...

— Il ne s'agit d'exterminer personne, fit à voix
basse Cooper, mais de trouver *qui* menace Khalil
Jezzine et de le mettre hors circuit. Nous tenons à
Khalil pour d'autres raisons que les Boeings.

— Par exemple?

— Il a un réseau de contrebande de haschisch
à destination de l'Egypte. Avec des felouques trans-
portant des melons d'eau.

Assez étonné, Malko fixa l'Américain pour voir
s'il plaisantait. Jerry Cooper était impassible.

— Bravo, fit-il, c'est *the egyptian connection*...

— Nous avons superposé à son trafic, un réseau

d'informateurs, expliqua placidement Jerry. En plus, ce n'est pas une mauvaise chose que les Egyptiens fument le haschisch...

— Que dois-je donc faire pour aider cet intéressant personnage?

Jerry Cooper sourit avec indulgence.

— Allez le voir, il vous attend. Vous avez carte blanche. D'abord, rassurez-le. Mais surtout enquêtez autour de lui. Nous ne pouvons pas passer Beyrouth au peigne fin pour trouver les tueurs du KGB. Ce sera plus facile de découvrir qui les informe...

Malko pensa soudain à quelque chose :

— Et les Libanais?

— Les Libanais sont bien ennuyés, dit Jerry Cooper, mais ils ne lèveront pas le petit doigt. Ils veulent être bien avec les Russes, les Chinois et nous.

Il tira une enveloppe de sa poche et la tendit à Malko.

— Voici l'adresse du bureau de Khalil Jezzine. Et votre carte de Treasury Department. Vous êtes détaché au *Narcotic Bureau*, à Beyrouth pour une enquête spéciale. Il faudra que vous rendiez visite au lieutenant Rachaya, au bureau libanais de lutte anti-drogue. Comme cela, vous pourrez porter une arme...

— Et quel est le motif officiel de ma visite?

— Le *Narcotic Bureau* américain soupçonne Khalil Jezzine de trafic de drogue.

Le cercle était bouclé.

— Faites attention, avertit l'Américain. Ils ont déjà tué deux fois. C'est une question de temps. Les Chinois n'attendront pas indéfiniment. Retrou-

vons-nous ce soir au *Club*, rue de Phénicie, tout
près d'ici. Vous y verrez le Tout-Beyrouth. De-
mandez-moi.

» Et bonne chance.

Malko jeta un regard circulaire sur la salle à
manger. Celui que Jerry Cooper avait désigné
comme le résident du KGB à Beyrouth s'empif-
frait de purée de pois cassés. Apparemment sans
souci.

CHAPITRE IV

Perplexe, Malko s'arrêta sous les arcades grouillantes de monde de la rue Allenby et vérifia à nouveau l'adresse : building Jezzine, rue Allenby — Beyrouth.

Il se trouvait devant le « building Jezzine », une vieille maison décrépite de trois étages, avec, au rez-de-chaussée un marchand de pelotes de laine. Devant la porte, les inévitables marchands de pistaches qui traînaient depuis un siècle sous les arcades de la vieille rue et à côté, une boutique de tapis. C'était à peine plus reluisant que les souks de la place des Martyrs. Pourtant, sur un panneau de bois, on pouvait lire en lettre à demi effacées :
KHALIL JEZZINE, shipping.

Cela flairait la gigantesque escroquerie. Il semblait impossible qu'un marché aussi important que celui des Boeings passe par une officine aussi peu reluisante.

Devant Malko s'ouvrait un escalier aux marches usées, d'une saleté repoussante. Il s'y engagea avec méfiance. Le palier du premier n'était pas plus brillant, avec un couloir desservant plusieurs bureaux au plafond bas. Dans un renfoncement, d'autres

marches menaient à un petit palier, un demi-
étage plus haut. Sur une porte vitrée opaque était
écrit en lettres dorées : KHALIL JEZZINE. Malko frappa
et entra.

∴

L'hôtesse de la réception croisait et décroisait
les jambes sans arrêt, ce qui, étant donné la longueur de sa jupe écossaise, équivalait à un strip-
tease intégral. Elle était petite, les jambes moulées
par de hautes bottes noires, des cheveux roux et
longs, de grands yeux bordés d'immenses cils et
soulignés de cernes mauves. Un petit mufle d'animal sensuel.

Depuis que Malko était entré, elle le regardait
sans cesse à la dérobée, visiblement fascinée par
ses yeux dorés et son élégance.

Une grosse IBM électrique était posée devant
elle, mais à voir la longueur de ses ongles, ce n'était
qu'un ornement... L'entrée où se trouvait Malko
différait considérablement du reste de l'immeuble.
Des boiseries d'acajou cachaient les murs et une
épaisse moquette étouffait les bruits de la rue.
Trois massives portes d'acajou s'alignaient en face
de Malko.

Une voix le fit sursauter : cela venait de l'interphone posé devant l'hôtesse. Il ne comprit pas le
sens des mots arabes mais la petite rousse se leva
pour annoncer d'une voix veloutée :

— Monsieur Khalil Jezzine va vous recevoir.

Elle se leva. Hasard ou préméditation, lorsque
Malko passa devant elle, il sentit les pointes de
ses seins frôler l'alpaga de sa veste. La jeune Liba-

naise lui jeta un regard effronté et provocant.
Ravissante petite garce. Ce n'était en tout cas, pas
un accueil désagréable.

Derrière lui, elle referma la porte doublée de
cuir. Malko s'immobilisa, stupéfait.

On se serait cru dans un élégant club anglais.
Les murs étaient recouverts de boiseries d'acajou
sombre, décorées d'appliques *Queen Ann* qui mettaient en valeur un bureau anglais et un grand
fauteuil de cuir rouge.

Vide.

Malko hésita. En face du bureau, une grande
porte coulissante à deux battants, en acajou elle
aussi, était fermée, sauf un interstice de quelques
centimètres. Pourquoi Kahlil Jezzine n'était-il pas
là? Il n'eut pas le temps de se poser de question.
Le canon long et effilé d'une arme apparut dans
l'interstice entre les deux battants et une voix
ordonna en anglais.

— Mettez les mains sur votre tête et ne bougez
pas.

Malko hésita, décontenancé. On n'entendait que
le chuintement de la climatisation. Le canon de
l'arme le fascinait comme un œil surréaliste et
mortel. Lentement, il obéit, vexé et furieux. L'accueil
était pour le moins inattendu.

Silencieusement, les deux battants s'écartèrent,
mus électriquement, découvrant une salle beaucoup plus grande que le bureau.

Un personnage énorme débordait d'un large fauteuil, braquant sur Malko une mitraillette Thomson qui semblait minuscule dans ses mains énormes
et soufflées de mauvaise graisse, blafardes comme
son teint. Il devait peser trois cents livres, et sa

veste s'ouvrait sur un ventre distendu qui venait
mourir sur ses cuisses. Presque chauve, il avait des
traits intelligents avec des yeux clairs dans un visage
lourd au-dessus d'une bouche d'une petitesse ridicule pour sa taille. Il demanda d'une voix douce :

— Que voulez-vous?

Malko commença à baisser les bras. Il vit le
doigt boudiné se crisper sur la détente de l'arme
automatique.

— Je vous ai dit de ne pas bouger, répéta le
gros homme plus sèchement.

Son fauteuil se trouvait dans une salle de conférence qui donnait sur un bureau identique à celui
où Malko se trouvait. Les trois pièces étaient aussi
luxueusement meublées, contrastant avec l'entrée
minable de l'immeuble.

— J'ai rendez-vous avec Khalil Jezzine, dit Malko.
De la part de Jerry Cooper.

L'homme tourna la tête et appela :

— Houry!

La porte du bureau s'ouvrit, et l'hôtesse qui avait
accueilli Malko apparut, les yeux baissés, mais pas
du tout intimidée par la mitraillette.

— Fouille-le.

La jeune Libanaise semblait n'avoir fait que cela
toute sa vie. Elle s'approcha, ouvrit la veste de
Malko, et commença à lui palper délicatement le
torse. Avec un sérieux imperturbable. Les mains
descendirent, fouillant la ceinture, l'emplacement
des poches-revolver.

— Il n'a rien, dit-elle.

— Tournez-vous, ordonna le gros homme.

Malko obéit. Au point où il en était... Il se
retrouva face à face avec Houry. Les mains de

cette dernière explorèrent rapidement les poches de son pantalon. Avec légèreté et douceur, comme une caresse.

Malko sursauta soudain involontairement. Là où les mains de la jeune Libanaise s'attardaient, il ne pouvait décemment dissimuler une arme, ou alors il ne serait pas un gentleman... La conscience professionnelle de Houry était en tout cas digne d'éloges. Profitant de ce que l'homme à la mitraillette ne pouvait la voir, elle accentua sa « fouille » d'une façon très précise. Merveilleusement sadique et superbement impudique. Malko baissa la tête et rencontra son regard sans équivoque.

— Alors? demanda de la même voix douce le gros homme.

Malko commençait à résister difficilement aux doigts agiles de Houry. Maintenant, les mains effleuraient le haut de ses cuisses. D'une voix légèrement altérée, la jeune femme annonça :

— Il n'a rien sur lui, monsieur Jezzine.

Ainsi c'était lui, l'homme qu'il était censé protéger. Cela commençait bien. Malko regarda plus attentivement le visage lunaire.

— Bien, fit le Libanais. Appelle-moi Jerry Cooper.

Houry fit le tour du bureau, composa un numéro et apporta l'appareil à Khalil Jezzine. Ce dernier demanda Jerry Cooper. Quand il eut l'Américain au bout du fil, il annonça :

— J'ai quelqu'un dans mon bureau qui dit venir de votre part...

Rapidement, il décrivit Malko. Puis, tenant sa mitraillette d'une seule main, il tendit le récepteur à Malko.

— Parlez-lui.

— Je ne m'attendais pas à cet accueil, remarqua Malko. M. Jezzine me semble très nerveux.

A l'autre bout du fil, Jerry Cooper eut le soupir condescendant d'un gros roc difficile à émouvoir.

— Excusez-le et repassez-le moi, que je lui dise que j'ai reconnu votre voix... Sinon, il risque de vous truffer de plomb.

Malko tendit le combiné. Le Libanais écouta, marmonna une phrase de remerciement et raccrocha. Il se tourna avec une grimace d'effort et posa la mitraillette sur la table. Puis, s'appuyant des deux mains au fauteuil, il se leva. Ses cuisses avaient la taille du torse de Malko, son ventre semblait avoir envahi tout son corps. Il se déplaçait à petits pas, comme déséquilibré par son poids.

— Laisse-nous, ordonna-t-il à Houry.

Il fit le tour et s'assit derrière le bureau, passa une main sur ses bajoues blafardes.

— Je vous prie de m'excuser, dit-il. Je n'ai pas l'habitude de recevoir mes hôtes ainsi. Mais vous ne savez peut-être pas ce que c'est que de vivre avec la peur. Depuis... (Il hésita.) ce qui est arrivé à mes deux frères, je m'attends à ce qu'on essaie de me tuer tout le temps. Tout me donne des battements de cœur : une porte qui claque, une sonnerie de téléphone, une visite imprévue.

— Je comprends, dit Malko.

Les yeux clairs le fixaient avec gravité. Malko essaya de deviner les vrais contours du visage sous la graisse. Khalil Jezzine avait une lueur dans les yeux qui ne trompait pas. C'était un individualiste implacable, réfractaire aux pièges que la civilisation ne cesse de tendre à l'homme pour l'anes-

thésier. Il avait fallu la mort de ses deux frères pour
venir à bout de ses nerfs.

— Je n'aime pas la violence, dit lentement Khalil
Jezzine. Je serais plutôt épicurien que spartiate et
je n'ai pas envie de mourir. Il y a encore trop de
choses agréables sur la terre. Ne serait-ce que la
petite secrétaire que vous venez de voir. Elle est
charmante, n'est-ce pas?

— Délicieuse, approuva Malko.

Si ses connaissances techniques égalaient sa vir-
tuosité manuelle, c'était l'impératrice des secrétaires.

— Je vous ferai oublier cet accueil, fit Khalil
Jezzine comme pour lui-même. Mais, il faut que
vous m'aidiez.

— Je suis ici pour cela, dit Malko.

— Cela a commencé il y a trois mois, à mon
retour de Chine, continua le Libanais. J'avais l'accord
de principe des Chinois pour une première tranche
de trente Boeings. Trois jours plus tard, j'ai reçu
un coup de téléphone ici. Un homme qui parlait
parfaitement l'arabe sans l'être. Il me dit de ne pas
donner suite avec des détails qui me montraient
qu'il était parfaitement au courant. Je ne comprenais
pas comment il avait pu savoir. Je n'ai rien dit aux
Chinois, bien entendu.

» Et puis, il y a eu d'autres coups de fil, chez moi
et au bureau. Même quand j'étais avec Mouna.

— Qui est Mouna?

— Ma femme.

Les lèvres du Libanais esquissèrent une moue
sensuelle, puis il soupira :

— Les menaces sont devenues de plus en plus
précises. J'en ai parlé à Cooper qui m'a dit de ne
pas m'inquiéter, que c'était de l'intox, de l'intimi-

dation. Peut-être même de la part des Chinois pour
m'éprouver. Les coups de téléphone cessèrent pendant une semaine et je pensais qu'il avait eu raison.
Puis Adel et Samir sont morts... Comme vous savez.
Le même jour.

Sa voix se brisa et partit dans l'aigu.

— Le lendemain de la mort de Samir et d'Adel,
l'homme m'a téléphoné. Il m'a dit que mes deux
frères étaient morts à cause de moi, pour me prouver que les gens qui s'intéressaient à cette affaire
étaient sérieux. Que si je m'entêtais, c'est moi qui
allais mourir... Je me souviens encore de sa phrase.
Que cela ne servait à rien de gagner des millions
de dollars si c'était seulement pour acheter un cercueil avec des poignées en or...

Khalil Jezzine se tut. Ses traits déjà noyés dans
la graisse semblaient s'être encore défaits, il respirait difficilement. Malko eut pitié de lui. Il suait
la peur viscérale, celle qui paralyse le corps et le
cerveau.

— Que s'est-il passé depuis?

— Il y a trois jours, j'ai revu les Chinois. Je ne
l'avais pas fait depuis les événements. Nous nous
sommes rencontrés chez un ami sûr. Ils étaient étonnés de mon silence. Nous nous sommes mis d'accord
pour signer à la fin de cette semaine. J'ai prétexté la
douleur causée par la mort de mes frères. Le lendemain, j'ai trouvé ceci au courrier.

Il ouvrit un tiroir et poussa vers Malko un objet
jaune de la taille d'un chargeur de pistolet automatique. Au poids et à la couleur, Malko reconnut un
petit lingot d'or taillé en forme de cercueil. Il le
soupesa. Il devait bien peser une demi-livre. C'était
un faire-part coûteux... Ceux qui avaient monté

cette entreprise d'intimidation n'hésitaient devant
rien.

— Il a téléphoné ensuite, dit Khalil à voix basse.
Pour me dire que si je signais avec les Chinois, je
mourrais. Que c'était un dernier avertissement.

Le silence retomba entre les deux hommes. Malko
réfléchissait.

— Qui était au courant de l'accord pour la signature?

— Personne.

— Il ne peut pas y avoir eu d'indiscrétion de
leur part?

— Sûrement pas. Ils ne voient personne à Beyrouth. Et je leur ai recommandé le secret le plus
absolu.

Malko ne croyait pas à la magie.

— Votre secrétaire n'était pas au courant? demanda-t-il. Quelqu'un de votre entourage...

Le gros homme se rembrunit imperceptiblement.

— Il n'y avait que Mouna à savoir, dit-il, mais
je réponds d'elle comme de moi. En plus, elle n'a
pas intérêt à ce que je meure. Je lui donne plus de
dix mille livres par mois. Si on me tue, elle perd
tout!

Malko s'abstint de répondre. Le souvenir d'Alexandra et du colonel Boris Okolov [1] était encore trop
cuisant. On ne savait jamais complètement ce qui
passe dans la tête d'une femme.

— Je serai ravi de faire la connaissance de Mouna,
dit-il. Dans l'immédiat, je pense que je vais faire
renforcer votre protection rapprochée... A propos,
puis-je vous demander quelque chose?

[1] Voir *Le bal de la Comtesse Adler*.

Le Libanais fronça les sourcils, inquiet :

— Certainement.

— Quand vous verrez votre femme, dites-lui que ma présence vous a remonté le moral et que vous avez décidé de signer avec les Chinois...

Khalil Jezzine blêmit, et ses bajoues tremblotèrent.

— Vous... voulez me tuer, balbutia-t-il.

Les yeux dorés de Malko fouillèrent l'amas de chairs gélatineuses.

— Vous venez de me dire que vous aviez une confiance totale en Mouna, remarqua-t-il d'une voix égale. Il n'y a donc aucun risque.

L'énorme Libanais respirait lourdement. Il sortit un mouchoir de sa poche et s'essuya le front. Au même moment, un coup léger fut frappé à la porte, et Houry apparut, une boule de pain à la main. Elle dit quelques mots en arabe à Khalil Jezzine et ressortit. Après un regard appuyé à Malko.

Celui-ci contemplait le pain, plutôt étonné. Ce n'était pas l'heure du goûter...

Le Libanais sembla soudain rasséréné. Il prit la boule dans ses grosses mains et l'ouvrit en deux. Trois rouleaux tombèrent de la croûte. Des billets serrés par des élastiques.

Malko détourna pudiquement les yeux. Toutes les affaires de Khalil Jezzine ne devaient pas être avouables...

Le Libanais glissa les billets dans un tiroir, épousseta les miettes et fixa Malko.

— Je suis fou de m'être lancé dans cette histoire, dit-il.

— En dehors de Mouna, demanda Malko, vous n'avez aucune piste, aucun indice?

Khalil Jezzine alluma une cigarette d'une main tremblante, souffla la fumée.

— Je ne sais pas si cela peut vous servir, dit-il, mais le soir où Adel a été tué, au *Casino*, il était avec une fille. Elle prétend avoir aperçu l'assassin et pouvoir le reconnaître. Un homme à lunettes, assez corpulent, les cheveux gris...

— Qui est-ce?

— Une Française, danseuse dans le show, Mireille. Je peux vous donner son adresse, elle habite près du *Phœnicia*.

Malko essuya ses lunettes noires avec sa pochette. Quelle histoire étrange!

— Vous êtes Libanais, dit-il et vous occupez une situation importante. La police n'a rien fait?

Khalil Jezzine ébaucha un sourire sardonique :

— La police est bien contente, fit-il. Bien sûr, ils sont très polis avec moi, mais je sais qu'un commissaire a dit que c'était bien fait pour moi, que je les narguais depuis assez longtemps avec mes trafics de haschisch. Alors que je fais cela pour rendre service à M. Cooper...

Où la philanthropie allait-elle se nicher.

— Ils n'osent pas toucher à cette histoire, conclut Jezzine. Ils ont juste interrogé Mireille. Ils ne veulent pas se brouiller avec les Russes. Ni avec personne.

Le Libanais tira de son gousset un « oignon » d'or de la taille d'une grenade adulte.

— Je dois aller au Cercle, dit-il. Je vais vous déposer. Dites à Jerry Cooper que je ne signerai pas tant que vous n'aurez pas trouvé ceux qui ont tué mes frères.

Malko se leva. Khalil Jezzine s'extirpa à grand-peine de son fauteuil. Il appuya sur l'interphone.

— Béchir! Omar!

Sans attendre la réponse, il sortit du bureau, suivi de Malko. En passant devant Houry, il lui jeta quelques mots. Deux Libanais surgirent, moustachus, massifs et farouches, et encadrèrent Khalil Jezzine. Ce dernier expliqua :

— Ce sont des montagnards prêtés par un ami, le père Doury. Je finance ses campagnes électorales. De braves garçons, mais peu habitués à la ville. C'est plutôt un réconfort moral.

Le petit groupe s'engagea dans l'escalier. Khalil oscillait pesamment d'une marche à l'autre, comme un toton ivre. Les deux gorilles dévalèrent l'escalier devant lui et prirent position de chaque côté de la porte, dévisageant d'un air méfiant les innocents marchands de pistaches.

— Le pire, soupira Jezzine, c'est que je ne sais pas ce que je dois craindre...

Sur le pas de la porte, le Libanais tendit un trousseau de clés à Béchir. Le montagnard courut jusqu'à une Rolls-Royce *Silver Shadow* noire garée en face. La rue Allenby était toujours aussi animée, avec ses éventaires et ses marchands ambulants. C'était le cœur ancestral de la Phénicie, le temple du commerce. Au bout de la rue, on apercevait le bleu de la Méditerranée.

Béchir se mit au volant, et le moteur ronfla. Khalil Jezzine limitait les risques... Si une bombe avait été reliée au démarreur, c'était le montagnard qui sautait. Le Libanais devina les pensées de Malko. Il hocha la tête, faisant trembler tous ses mentons.

— Nous sommes en période pré-électorale, expliqua-t-il. Le Liban est encore un pays jeune et vio-

lent. Une bombe de plus ou de moins, cela ne se
remarque pas.

Dans un pays où, les jours d'élections présiden-
tielles, on tirait plus de munitions que pendant la
guerre des Six Jours, il ne fallait s'étonner de rien.
Majestueusement, Khalil Jezzine traversa la rue, et
s'installa au volant. Malko monta à côté de lui,
tandis que les deux gorilles s'entassaient à l'arrière.
Leurs poches bosselées semblaient renfermer tout un
arsenal. Grâce aux vitres noires, on ne pouvait distinguer de l'extérieur qui se trouvait dans la voiture.

Mais bien sûr, Khalil Jezzine n'était pas à l'abri
d'un fusil à lunette tenu par un professionnel. Le
Libanais conduisait très lentement, sans souci des
coups de klaxon furieux des innombrables taxis
Mercedes. Il tourna la tête vers Malko.

— Je ne peux plus continuer à vivre comme cela,
fit-il simplement. Mon cœur ne tiendra pas. Je n'ose
plus sortir, aller au *Club*, marcher dans la rue.
J'ai peur que l'on me tue dans la foule.

Ses bajoues en tremblaient. Malko plaignit fugitivement cette canaille épicurienne, entraînée dans
cette histoire sanglante.

— Pouvez-vous me déposer au *Phœnicia?* demanda-t-il.

— Bien sûr, fit Khalil Jezzine. Demain voulez-
vous venir déjeuner à la maison? Mouna sera là.

La Rolls passa devant le *Byblos* et s'engagea dans
la rue en pente du *Phœnicia*. A côté se dressait la
carcasse en ciment de quarante étages du futur
Holiday Inn. Comme toujours dans les villes
d'Orient, les buildings modernes alternaient avec
les terrains vagues et les vieilles maisons. En face du

Phœnicia, un garage minable entassait de vieux pneus sur deux étages.

Malko prit congé de Khalil Jezzine, sauta de la Rolls et s'engagea dans l'escalier roulant menant au lobby. Plus que songeur.

.:.

Le téléphone sonna. Malko bondit hors de la douche, faillit glisser et décrocha. Ce devait être Jerry Cooper venant aux nouvelles. Personne d'autre ne connaissait sa présence à Beyrouth.

— Le Prince Malko? demanda une voix timide.

— C'est moi.

Il y eut un petit silence.

— C'est Houry. M. Jezzine m'a chargée de vous piloter dans Beyrouth.

Le Libanais savait vivre. Malko sourit tout seul.

— Où êtes-vous? demanda-t-il.

— Dans le lobby. Voulez-vous que je monte?

Khalil Jezzine n'avait pas une conception étroite de l'hospitalité. Malko revit le petit mufle sensuel de la Libanaise et les cernes mauves. Avant tout, il voulait retrouver la piste de Mireille. Houry risquait de retarder délicieusement son enquête.

— Je descends, dit-il fermement. Je suis un peu pressé.

Houry eut un rire de gorge à damner un pape en voie de canonisation.

— C'est dommage.

Si le téléphone ne rougit pas, c'est que l'ébonite en avait été fabriqué par des mains particulièrement puritaines.

CHAPITRE V

— Mademoiselle Mireille, elle est partie. En vacances.

Le portier de la résidence *Beverley* eut l'air goguenard devant le désappointement visible de Malko. La pulpeuse Mireille ne semblait pas jouir d'une réputation fabuleuse... Pourquoi avait-elle quitté sa place de danseuse au *Casino*?

— Vous voulez laisser un message? demanda le portier.

— Je vais aller le glisser sous sa porte, dit Malko.

Il poussa Houry dans l'ascenseur et entra derrière elle. Puis il appuya sur le bouton du huitième.

La résidence était à deux pas du *Phœnicia*, rue Iben Sina. Un immeuble moderne et propre.

Houry haussa les épaules :

— Ces filles-là préfèrent ne pas travailler et se faire entretenir. Elle doit être avec un Koweitien ou un Séoudien.

Elle semblait ravie que la Française ne soit pas là. Malko avait été stupéfait de sa transformation. Houry était parée comme la reine de Saba dans ses bons jours. Avec des talons hauts comme la tour Eiffel, une robe de lamé or qui épousait chaque courbe de son corps et un maquillage d'hétaïre. Sou-

mission à son patron ou attirance réelle, elle semblait en extase devant Malko.

Elle avait seulement eu l'air déçu qu'il ne l'invite
pas à monter dans sa chambre. En marchant, Malko
lui avait demandé :

— Qu'est-ce que cela veut dire « Houry? »

Elle l'avait regardé avec un sourire en coin :

— Feu ardent...

.

Malko glissa sa carte sous la porte de l'appartement 802, sous l'œil intrigué et vaguement envieux
de Houry.

Dès que les portes de l'ascenseur se refermèrent
sur eux, elle demanda :

— Vous avez fini votre travail pour ce soir?

Malko sourit :

— Je crois. Mais on ne sait jamais.

Le petit mufle sensuel de la Libanaise se leva
vers lui.

— Il ne faut pas toujours penser au travail.

Brusquement, elle glissa à genoux devant lui et
ses mains le saisirent aux hanches. Abasourdi par la
soudaineté de l'attaque, Malko sentit les mains de la
jeune Libanaise s'activer contre son vêtement. Avec
la même efficacité qu'elle avait déployée lors de la
fouille... En quelques secondes son visage remplaça
ses mains. Et l'ascenseur qui descendait inexorable-
ment vers le rez-de-chaussée...

Houry eut sans doute la même pensée car, avec
le sixième sens d'un aveugle, sans s'interrompre, elle
envoya la main derrière elle, écrasant le bouton
« arrêt ».

L'ascenseur s'arrêta avec une secousse douce. Malko
sentit son désir croître sous l'étrangeté de la situation.
La Libanaise poursuivait sa caresse, les yeux fermés, avec une ardeur exquise et quasi-mystique.

Les pointes de ses seins appuyaient contre les
cuisses de Malko et ses ongles crochaient dans la
peau de ses reins à lui faire mal.

L'ascenseur se remit soudain à descendre. Malko
eut un sursaut. Un beau scandale en perspective.
Il voulut se dégager, échapper à l'envahissante
caresse. Une seconde, il se demanda si la jeune Libanaise n'avait pas été payée par le KGB pour le
compromettre. Les Russes avaient fréquemment
recours à des femmes, des « sparrows » [1]! comme ils
les appelaient.

Mais au lieu de le lâcher, Houry accéléra encore
sa caresse. Malko avait l'impression d'avoir dix
bouches et dix langues acharnées à lui arracher du
plaisir. Il vit passer les étages comme dans un
rêve. Septième, sixième, cinquième. La panique
allait le déconnecter de sa délectation quand l'habileté de Houry triompha. Il s'entendit gémir, avec
la sensation exquisement violente que la petite Libanaise lui arrachait la moelle épinière.

L'ascenseur s'arrêta avec une secousse moelleuse.
Au rez-de-chaussée.

La main de Houry vola avec la vitesse d'un cobra
jusqu'au bouton « fermeture de la porte ». Elle le
tint pressé tandis qu'elle remettait de l'ordre dans
les vêtements de Malko. Puis elle se redressa d'un
coup, s'écarta de lui, lâcha le bouton, et fit face,
espiègle et un peu essoufflée.

[1] Hirondelles.

Les battants s'écartèrent, découvrant un Libanais aux traits bovins, escorté d'une bonne femme maquillée comme un arbre de Noël. Houry, vivante statue de la sensualité, les toisa d'un air narquois. Elle aurait visiblement aimé que le monde entier connaisse son exploit. L'employé du desk les toisa, soupçonneux. Que diable pouvait-on faire si longtemps dans un ascenseur!

Dès qu'il furent dans la rue, Houry lui prit joyeusement le bras et leva un visage anxieux :

— Vous avez aimé?

Malko se pencha et effleura sa bouche. Juste tribut. La volcanique Libanaise devait grandement faciliter les affaires de Khalil Jezzine. Il avait rarement rencontré une telle stakhanoviste de l'érotisme et la sentait sincèrement flattée d'être arrivée à le faire jouir en huit étages.

— Où allons-nous? demanda-t-elle.

— Au *Club*.

Elle rit.

— Vous connaissez déjà les bons endroits...

Sans parler des ascenseurs de la résidence *Beverley*.

*
**

Houry avait raison : le *Club* était sûrement un des endroits les plus plaisants de Beyrouth. La porte discrète s'ouvrait rue de Phénicie, au milieu des boîtes à strip-tease et des bars aux noms incroyables : *Lucky Luke, La Gousse, le Crazy Horse.* Il y en avait cent au mètre carré. Mais le contraste était ensuite saisissant. L'ambiance était feutrée, le décor 1900, avec des sièges profonds, une petite piste de danse encastrée en contrebas. Cela tenait de la

discothèque, du restaurant chic et du tripot de luxe,
à cause de la salle de jeu. Malko et Houry s'installèrent à une table au bord de la piste encore vide.
Les gens arrivaient plus tard.

Et en plus il y avait de la vodka Stolychnaia, la
préférée de Malko. Une bonne maison. Un peu
détendu, il demanda à Houry.

— Cela vous plaît de travailler pour Khalil Jezzine?

La Libanaise sourit malicieusement.

— Ce n'est pas désagréable. Il est très gentil.

— C'est votre amant?

Il regretta tout de suite sa question trop directe
mais elle fit la moue, sans se formaliser.

— Pas beaucoup. Il est amoureux de sa femme.
Enfin, à sa manière.

— Elle en vaut la peine?

— C'est une grande putain, fit Houry d'une voix
admirative. Une très grande putain. Elle le fait
marcher. Quand je le vois arriver de mauvaise
humeur au bureau, je sais qu'elle a été méchante
avec lui. Pourtant, il la couvre de cadeaux, de
bijoux. Lui qui est si dur en affaires, ne sait rien
lui refuser... Une fois, il l'a même envoyée à Paris
s'acheter des robes. Elle en a pris pour vingt mille
livres...

— Elle n'est pas jalouse de vous? interrogea
perfidement Malko.

Houry pouffa et reconnut avec une évidente satisfaction :

— Elle me hait. Khalil lui a joué un sale tour
à cause de moi. Il lui avait acheté un manteau de
panthère, pour trente mille livres. Un jour, il est
arrivé à l'improviste et l'a trouvée en train de faire

l'amour sur le manteau avec un prince séoudien. Il
était tellement fou de rage qu'il a pris le manteau.
Il me l'a donné... Et elle l'a su...

Houry en buvait encore du lait... Malko laissa
un peu de vodka humecter son palais. Houry s'en
était tenu à un Pepsi-Cola. Peu à peu, le *Club*
se remplissait. Sa cavalière rapprocha sa jambe de
celle de Malko. C'était rare de rencontrer une femme-
objet aussi heureuse de l'être. Elle était aussi re-
laxante qu'un sauna, pour le corps et pour l'esprit.
Et beaucoup plus agréable...

Des gens dansaient sur la piste. Malko remarqua
une longue fille, une étrangère vêtue de façon ultra-
provocante pour un pays arabe : un grand feutre
noir, des lunettes noires, un chemisier longuement
échancré grâce à une fermeture Eclair, un short de
lainage et des cuissardes Cardin mettant en valeur
ses longues jambes. Elle se démenait furieusement
face à un jeune minet libanais déguisé en hippy
de luxe.

Des griffes s'enfoncèrent dans la cuisse de Malko
et la voix suave de Houry murmura à son oreille :

— Elle vous plaît?

— Elle attire le regard, avoua Malko, plein de
diplomatie.

— Vous n'avez aucune chance, laissa tomber
Houry d'un ton définitif, elle est lesbienne. Venez
danser.

Elle l'entraîna sur la petite piste, et, méprisant
superbement le rythme, s'incrusta contre lui.

— Vous êtes content d'être ici, souffla-t-elle à
son oreille après l'avoir conduit au bord de l'atten-
tat à la pudeur.

Malko sourit :

— Je ne pensais pas que l'hospitalité orientale aille si loin.

Houry pouffa.

— C'est une vieille tradition phénicienne. Jadis, il y a vingt siècles, les Phéniciennes se livraient exclusivement aux étrangers dans les jardins de Tyr. Et les capitaines phéniciens revenant de ports lointains demandaient à bénéficier du sort heureux des étrangers...

Malko ne sut jamais si les capitaines avaient eu gain de cause.

Le disque s'arrêta et Houry agita soudain la main en direction d'un grand garçon blond, taillé en athlète, accoudé au bar, un verre à la main.

— Harold doit savoir où est Mireille, fit-elle. Il connaît toutes ces filles-là.

Elle entraîna Malko vers le bar et le présenta. Harold parlait très bien français. Il avait l'air étrangement désuet d'un séducteur des années trente, avec son veston pied-de-poule, sa gourmette de trois livres, son air de matamore et ses cheveux blonds trop bien coiffés. Rien ne manquait à la panoplie, pas même la chevalière grosse comme un bouchon d'encrier avec des armoiries de fantaisie.

— Mireille, la grande blonde qui sortait tout le temps avec Adel? Tu sais où elle est? demanda Houry.

Harold prit l'air profondément inspiré.

— Mireille! Oui, bien sûr. Elle est partie avec le Prince Réza, tu sais celui qui venait toujours en blue-jeans. Ils ont été passer une semaine au Koweit. (Il se tourna vers Malko.) Si vous voulez, quand elle rentre, je vous la présente, c'est la meilleure affaire de Beyrouth. Et sympa, en plus.

Houry secoua ses cheveux roux.

— Il n'a pas besoin de toi, dit-elle sèchement.

Furieuse, elle entraîna Malko à leur table.

— Qui est ce zozo? demanda-t-il.

Elle haussa les épaules :

— Oh, il n'est pas méchant. Il dit qu'il est producteur de cinéma, mais ce n'est pas vrai, bien entendu. Il traficote un peu avec la Hollande et il couche avec les bonnes femmes qui s'ennuient. Mais il a un passeport diplomatique anglais.

Malko fronça les sourcils.

— Un passeport diplomatique. Pourquoi?

— Son père était diplomate.

Au Liban, le passeport diplomatique devait être héréditaire. C'était une solution comme une autre au problème des visas. Rassuré sur le sort de Mireille, Malko recommença à réfléchir. Beyrouth était décidément une ville étrange. Soudain, il aperçut Jerry Cooper. Le résident de la CIA venait de s'attabler au bar. Il fit joyeusement signe à Malko, et celui-ci abandonna la pulpeuse Houry pour quelques instants.

Mais dès que ce dernier fut près de l'Américain, il s'aperçut de la gravité de son regard derrière les verres épais des lunettes.

— Alors?

— Je ne fais pas de miracles, répliqua Malko. Si vous n'avez pas pu trouver ce tueur, je ne vais pas y arriver en quelques heures. Pour l'instant je ne sais rien de plus. Je me documente.

L'Américain hocha la tête.

— Ne perdez pas trop de temps.

— Khalil Jezzine est fou de terreur, dit Malko. Je procède à certaines vérifications, j'espère qu'il en sortira quelque chose. Mais je voudrais du renfort : Chris Jones et Milton Brabeck. Pour éviter que Khalil Jezzine ne disparaisse prématurément...

— C'est une bonne idée, reconnut Jerry Cooper. J'ai entendu parler d'eux.

— Vous ne trouvez pas que vous êtes un peu imprudent dans vos contacts? fit Malko. Je pourrais aussi me promener avec une étiquette « agent secret »... Tout le monde nous voit bavarder ensemble.

Jerry Cooper éclata de rire :

— A Beyrouth, tout se sait... Vous voyez, les trois types derrière nous? Ils sont en train de vendre au Maroc des chars russes donnés aux Egyptiens, capturés par les Israéliens et revendus à la Finlande...

Il s'interrompit pour saluer un consommateur de l'autre côté du bar. Un Libanais au nez camus, presque aussi massif que lui, le crâne dégarni, avec une chemise bouillonnante de dentelles sous sa veste. Assis sur un tabouret, il dévisageait une fille en short avec avidité.

— C'est Elie, fit Jerry à mi-voix, une barbouze libanaise. Il traîne toujours par là et il sait tout. Mais il ne dit jamais rien. Les Libanais n'interviennent jamais dans nos petites histoires. Ce sont des gentlemen.

Elie sourit amicalement à Jerry Cooper et se replongea dans son rêve érotique.

Maintenant, le *Club* était bourré de gens qui dînaient ou dansaient. Beaucoup de jeunes et jolies femmes. Malko regagna la table où Houry se morfondait.

Elle jeta un regard éloquent à Malko.

— Si nous rentrions?

⁎⁎

Harry Erivan inspecta la façade sombre de la
Moscowa Narodny Bank. La place Riad el Sohl
était déserte. Il sauta vivement de la Mustang et
s'engouffra dans la petite porte de côté de la
banque. Comme prévu, elle n'était pas fermée à clef.
L'Arménien la referma derrière lui et se retrouva
dans l'obscurité la plus complète.

Une voix étouffée demanda :

— Harry?

— Qui voulez-vous que ce soit? fit Harry de
mauvaise humeur.

Il n'aimait pas ce rendez-vous tardif. D'habitude,
il rencontrait le résident du KGB à la banque,
pendant les heures d'ouverture. Ce qui était nettement plus discret.

Une ampoule électrique s'alluma et Harry vit le
lieutenant colonel Davoudian, un Tokarev automatique à la main. Le Russe rentra l'arme aussitôt.

— Vous n'avez pas été suivi?

Harry haussa les épaules.

— Je ne pense pas. Pourquoi m'avoir convoqué
à cette heure-ci? C'est dangereux.

Le Russe fouilla dans la poche de son imperméable et tendit un petit paquet à Harry.

— J'avais un travail pour vous. Urgent. Allez à
l'hôtel *Phœnicia*. Vous monterez au sixième étage
et vous accrocherez ceci à la poignée de la porte
609. Tâchez que les gens de l'étage ne vous voient
pas.

Harry le regarda, ébahi.

— C'est une blague?

— Je n'ai pas le temps de plaisanter, fit l'homme du KGB. Il faut intimider un agent ennemi. C'est le seul moyen de faire parvenir ce paquet dans sa chambre...

— Et s'il le jette?

Le Russe eut un mince sourire.

— Il ne le jettera sûrement pas, Harry. Sûrement pas.

∴

Houry sortit fièrement de l'ascenseur du *Phœnicia* sous l'œil envieux du liftier. A la façon dont elle s'était tenue dans la cabine, la nuit de Malko n'allait pas être une promenade. Décidément, les ascenseurs avaient un effet certain sur elle.

— Qu'est-ce que c'est?

Elle était tombée en arrêt devant un paquet gros comme une petite boîte de cigares, suspendu à la poignée de la porte. Avant que Malko ne puisse la mettre en garde, elle l'avait pris.

— Je peux l'ouvrir?

Sans lui laisser le temps de répondre, elle défit la ficelle et déplia le papier. Un petit parallélépipède jaune brilla dans l'obscurité. Malko sentit les battements de son cœur s'accélérer.

C'était un lingot d'or en forme de cercueil, comme celui que Khalil Jezzine lui avait montré dans l'après-midi. Il sentit son désir tomber d'un coup. Le KGB ne perdait pas de temps pour l'intimider.

— C'est de l'or, souffla Houry.

Ses yeux brillaient. Malko prit le papier. Il n'y avait rien d'écrit dessus. Puis, il enleva le lingot des mains de Houry et l'examina. Il était exactement similaire à celui qu'il avait vu chez le Libanais. Un curieux faire-part.

— Qu'est-ce que cela veut dire? demanda Houry.

— Khalil Jezzine a reçu le même, djt simplement Malko. Cela signifie que je suis en danger, moi aussi.

Elle fronça les sourcils.

— On va vous tuer?

Il ne put s'empêcher de sourire devant cette candeur directe.

— On essaiera peut-être. Vous avez peur?

Elle secoua la tête.

— Non. J'ai envie de faire l'amour avec vous.

Pour l'instant, il n'y avait rien d'autre à faire. Il mit la clef dans la serrure et alluma. La chambre était vide. Pendant que Houry mettait la musique d'ambiance diffusée par l'hôtel, il prit dans sa valise son pistolet extra-plat et le posa sur la table de nuit, à côté de la photo panoramique représentant son château.

Houry poussa un petit cri et soupesa l'arme.

— Comme il est plat!

Malko eut envie de lui dire qu'on pouvait le porter sous un smoking, mais cela ne l'aurait probablement pas intéressée. Il posa le lingot près du pistolet et fit face à Houry.

Le pistolet semblait l'avoir considérablement excitée. Elle se jeta fougueusement dans ses bras et l'embrassa. A tâtons, il trouva la fermeture Eclair de sa robe et la fit glisser, écartant ensuite les épaulettes. Houry l'aida aussitôt. Le lamé tomba sur la moquette avec un petit bruit soyeux et Houry recula, vêtue uniquement d'un minuscule slip et d'un sou-

tien-gorge en dentelle, mauves tous les deux, comme
les cernes de ses yeux...

Sa poitrine était un peu forte pour sa taille, mais
elle avait des hanches d'amphores et des jambes merveilleusement galbées.

— Je vous plais, Monsieur?

Sans attendre la réponse, elle se jeta sur lui et le
fit tomber sur le lit. Il eut l'impression qu'une
pieuvre parfumée se ruait à l'assaut de son corps.
Soudain, ses yeux tombèrent sur le lingot, et un
déclic se fit dans son cerveau.

Glacé de peur, il s'arracha sans douceur à l'étreinte
de Houry, tendit la main vers le lingot qui scintillait
doucement dans la pénombre. Croyant qu'il voulait
jouer, Houry lui sauta sur le dos et le ramena en
arrière. Cette fois, il se dégagea brutalement, et elle
poussa un petit cri de surprise.

— Attention! cria-t-il.

Empoignant le lingot, il le jeta de toutes ses forces
vers la fenêtre, et retomba en arrière sur le lit.

Tout se passa ensuite à une vitesse de cauchemar.
Le lingot fit voler la fenêtre en éclats et une fraction
de seconde plus tard, une explosion terrifiante fit
jaillir des flammes jaunes sur le balcon.

La chambre se remplit de fumée, et une pluie
de débris fut projetée dans tous les sens. Allongé
sur le lit, Malko maintint Houry contre lui. Il eut
l'impression que cela durait une éternité. Puis le
souffle les projeta tous les deux contre le mur et ils
tombèrent étourdis, dans la ruelle du lit.

Houry poussa un cri perçant.

Malko se releva et chercha le téléphone des yeux.
L'appareil était en bouillie. Hagarde et terrori-
sée, Houry se mit debout en titubant. Son soutien-

gorge lui avait été arraché par le souffle et elle saignait par plusieurs coupures. Ses lèvres tremblaient. Machinalement, elle essuya du sang qui coulait de son front. La chambre semblait avoir été dévastée par un ouragan. En explosant sur le balcon, la machine infernale avait heureusement perdu beaucoup de sa force.

L'air frais de la nuit commençait à dissiper les fumées de l'explosion mais les rideaux avaient pris feu. La baie vitrée n'existait plus. Si le lingot avait explosé sur la table de nuit, Houry et Malko eussent été déchiquetés...

— Qu'est-ce qui s'est passé? balbutia Houry.

Malko encore assourdi, vit ses lèvres bouger et comprit la question.

— C'était une bombe, dit-il. J'y ai pensé en réalisant que ce lingot était beaucoup plus léger, à taille égale, que celui que j'avais vu chez Khalil Jezzine, cet après-midi...

Sa prodigieuse mémoire lui avait sauvé la vie. On entendit des cris dans le couloir, et des coups furent frappés à la porte. Sans penser à sa tenue, Houry alla ouvrir.

La femme de chambre regarda avec stupéfaction cette belle fille, presque nue, couverte de coupures, l'air totalement absent. Houry poussa un cri et attrapa une serviette dans la salle de bains.

Tout le *Phœnicia* semblait être réveillé et des gens se pressaient dans le couloir. Malko écarta Houry. Il était encore agité de tremblements nerveux.

— Ce sont les Israéliens! cria une voix de femme hystérique.

Deux employés arrivèrent avec des extincteurs et

une civière. Ils arrosèrent les rideaux qui commençaient à flamber. Dans la rue, Malko entendit la
sirène d'une voiture de police. Il aurait donné cher
pour un grand verre de vodka glacé.

Le lingot avait dû être évidé, bourré de tolite
avec un dispositif à retardement.

Plusieurs policiers, mitraillette au poing et béret
rouge vissé sur la tête, écartèrent les badauds.

— Vous êtes l'occupant de cette chambre? demanda l'un d'eux à Malko, en anglais.

— Oui, fit Malko résigné.

Les problèmes allaient commencer. Mais cela valait mieux que d'être mort.

*
* *

Le capitaine raccompagna Malko et Khalil Jezzine jusqu'à la Rolls-Royce garée dans la grande
cour carrée de la Préfecture de police de Beyrouth.

Cassé en deux de respect. Pudiquement, il détourna les yeux devant les mitraillettes des gardes du
corps du Libanais. Sans Jezzine, Malko serait au
fond d'une cellule. Les Libanais avaient immédiatement vu en lui un espion israélien, blessé accidentellement par ses propres engins. La découverte
du pistolet extra-plat n'avait pas arrangé les choses.
Il avait fallu tout le poids de Khalil Jezzine pour
qu'on le rende à Malko.

Heureusement, le Libanais avait volé à son secours. Réveillé en pleine nuit, il s'était porté garant
de lui. Malko avait pu continuer sa nuit interrompue
dans l'autre aile du *Phœnicia*, sans Houry, emmenée
à l'hôpital pour soigner ses coupures. Mais à huit
heures du matin il avait dû se présenter à la police

pour être interrogé : Khalil l'avait accompagné.
Après des formalités accélérées, Malko avait été
laissé en liberté sous caution de dix mille livres
payées par le Libanais, en attendant la clôture
de l'instruction.

Bien entendu, la police s'était prodigieusement
intéressée à ce lingot explosif. Les murs de la chambre avaient été criblés de minuscules particules
d'or. Discrètement, un des conseillers de l'Ambassade
américaine était intervenu auprès de la direction
du *Phœnicia,* afin de faire savoir que les dégâts
seraient payés intégralement par l'ambassade.

— Ils n'ont pas perdu de temps, soupira Malko
en s'asseyant dans la Rolls-Royce.

Il respira voluptueusement l'inimitable odeur
du cuir de luxe.

Khalil Jezzine fit trembloter ses mentons.

— Vous commencez à comprendre pourquoi j'ai
peur. Ils ne reculent devant rien.

» Le seul endroit où je serais en sécurité, c'est la
Chine. Et je n'ai pas envie de m'y installer. La dernière fois, je suis resté cinq semaines à Canton
et j'ai cru devenir fou. Ils ne me donnent même
pas de visa pour Mouna. Je suis obligé de lui téléphoner de là-bas, sinon, elle se fâche.

Ce devait être une belle garce. Malko essayait de
faire le point. A part les Américains, Khalil Jezzine
et Houry, personne ne savait pourquoi il était à
Beyrouth. Et pourtant le KGB l'avait immédiatement repéré...

— Vous êtes sûr de Mouna? demanda-t-il doucement.

Le Libanais sursauta comme s'il avait blasphémé.

— Mouna! Impossible. Elle m'adore.

Malko eut envie de lui dire qu'on aurait pu remplir le Grand Cañon du Colorado avec les femmes
qui avaient trahi des hommes qu'elles adoraient...
Ou faisaient semblant d'adorer.

— Vous allez faire la connaissance de Mouna, dit
Khalil. J'ai remis le déjeuner, mais elle vous attend
pour le thé. Je vous rejoindrai.

Malko se laissa aller sur les coussins. La Rolls-
Royce filait rapidement vers le centre, à travers un
quartier jadis moderne, maintenant décrépit. A quoi
allait ressembler la pulpeuse Mouna?

CHAPITRE VI

Mouna Jezzine s'étira devant sa glace. Satisfaite. Ses seins étaient encore fermes et hauts, bien que petits, son ventre plat, ses cuisses résistaient à la cellulite, et son mont de Vénus semblait aussi innocent que si aucun homme ne l'avait jamais approché.

Les mauvaises langues de Beyrouth disaient que Mouna avait essayé tous les hommes de quelque importance depuis l'émirat d'Oman, à la pointe sud du Golfe Persique, jusqu'au Liban. Mouna, modeste, laissait dire. Elle avait aussi beaucoup voyagé en Europe et il ne lui déplaisait pas qu'on la sous-estime. Elle se rapprocha de la glace et s'examina plus attentivement. Depuis quelque temps ses yeux étaient perpétuellement soulignés de cernes sombres. Ce qui faisait encore plus rêver ceux qui lui faisaient la cour.

A ses amants de passage, elle jurait que ce n'était qu'un reste de volupté. Mais elle savait bien que c'était les nuits sans sommeil, l'alcool et le poids du temps. Pourtant, elle avait toujours autant de succès. Sans être vraiment belle. Son nez retroussé était trop long et trop important. Elle mesurait tout juste un mètre soixante. Son menton était trop volontaire, ses yeux un peu trop enfoncés, très noirs.

Mais elle avait une joie de vivre exacerbée, une sorte de feu intérieur qui la brûlait en permanence, la jetait sans cesse vers de nouvelles expériences. Lorsqu'elle avait épousé Khalil, elle était presque vierge. Elle s'était d'abord rebellée devant les exigences tortueuses et intéressées de son mari. Puis, y avait pris goût peu à peu. L'énorme Libanais ne s'était rendu compte que beaucoup plus tard qu'il avait joué à l'apprenti-sorcier. Que Mouna était, comme lui, de la race des bourreaux.

Le téléphone sonna. Elle s'allongea à plat-ventre sur le grand lit bas recouvert d'une couverture de loup, et décrocha. Sa voix était toujours veloutée, sauf quand elle entrait dans des rages qui terrifiaient même Khalil.

— Mouna?

C'était la voix inquiète de son mari.

— Ah, c'est toi, chéri, fit Mouna dolente et sensuelle. Pourquoi me réveilles-tu si tôt?

— Il est onze heures. L'ami dont je t'ai parlé viendra te voir dans l'après-midi.

— Il est beau?

— Salope.

Il avait raccroché. Mouna bâilla. Au début, cela l'avait excitée de faire l'amour avec ce monstre. Maintenant ce n'était plus qu'une corvée comme l'épilation des jambes ou ses indispositions mensuelles. Mais Khalil lui donnait beaucoup d'argent. Et Mouna aimait le luxe, les bijoux, la vie facile. Grâce à l'argent de Khalil et à sa position sociale, elle pouvait en prendre deux fois plus aux cheikhs de Koweit ou aux Séoudiens affolés par son érotisme. Jamais ils n'auraient rétribué avec autant de géné-

rosité une simple courtisane. Alors que l'idée de
faire l'amour à la jeune et jolie femme d'un homme
en vue décuplait leur désir.

Mouna se livrait d'ailleurs rarement de mauvaise
grâce. Et découvrait parfois chez elle une « face
noire » qui lui faisait peur. Elle n'avait jamais autant joui que le jour où un riche koweitien l'avait
livrée à ses domestiques après l'avoir utilisée. Mouna
avait dansé pour eux comme une folle pour se livrer ensuite sans retenue.

Elle étendit sa main gauche devant elle et admira
le saphir, cadeau d'anniversaire de Khalil. Il pesait
cinquante trois carats et valait trois cent mille dollars. Mouna dormait avec, le caressait comme un
homme. Sa simple vue lui embrasait le ventre. Il
éclipsait tous ses autres bijoux. Elle rêvait de pouvoir arriver au *Club* un soir, nue, vêtue de son seul
saphir. Mais Khalil dirait encore qu'elle avait l'air
d'une putain.

Ce qui n'empêchait pas les cheikhs les plus rétro-
grades et les plus fanatiquement dévoués au Pro-
phète de l'inviter dans leurs palais hideux flottant
sur leur pétrole et de se déchaîner sur son corps
flexible. Au contact de ces hommes immensément
riches et intransigeants extérieurement sur le chapitre de la foi, Mouna avait acquis une certaine phi-
losophie. Elle avait vu ces guerriers prêts à se lancer
dans une « jihad » — une guerre sainte — sous le
prétexte le plus futile, renverser des bouteilles de
whisky sur son corps nu et le lapper ensuite...

Elle en avait conclu que des deux forces qui gou-
vernaient le monde — religion et sexualité — c'est
cette dernière qui était la plus forte. Une chance
pour elle qui n'avait aucune vocation mystique.

Après avoir secoué ses cheveux courts elle admira
son image en face d'elle. Pas besoin de glace. Les
murs de sa chambre étaient tapissés de photos d'elle,
nue, dans toutes les positions.

Mouna se leva et sortit de la chambre. Elle était
encore éblouie par leur nouvel appartement. Sept
cents mètres carrés recouverts d'un éblouissant marbre de Carrare. Khalil avait ajouté des tapis partout
et c'était délicieux de passer de la fraîcheur du marbre à leur moelleuse chaleur. En chantonnant, la
jeune femme descendit l'escalier d'acier et de marbre menant à l'étage inférieur. Une large terrasse
courait tout autour de l'appartement, mais le mauvais temps l'empêchait pour l'instant d'en profiter.

Saadi, la petite servante soudanaise, l'attendait
au pied de l'escalier, avec une tasse de café à la
cardamome. Elle s'inclina devant sa maîtresse. Son
visage aplati était peu gracieux, mais son corps ra-
vissant et fin rachetait l'ensemble. Mouna but le
liquide brûlant et amer et se sentit mieux. Son
amant de la veille s'était montré si exigeant qu'ils
avaient commencé à faire l'amour dans l'escalier.
Dieu merci, Khalil ne rentrait jamais du Cercle
avant trois ou quatre heures du matin. Et il était
imprévisible. Elle n'avait jamais clairement défini
la limite entre les hommes qu'il lui accordait et ceux
qui le rendaient ivre de rage. Maintenant, elle
avait un bleu sur la hanche et Khalil allait lui
faire une scène. Sans compter que ses règles étaient
en retard, bien qu'elle prît la pilule. Elle pensa
avec terreur que si elle avait un enfant, elle aurait
le choix entre une douzaine de pères... Y compris
Khalil.

Dansant toute seule, elle brancha la chaîne

haute-fidélité. Elle ne pouvait pas vivre sans musique. C'était une danse orientale. Machinalement, elle se mit à onduler sur place. Saadi la contemplait, béate.

— Va dans ta cuisine, fit sèchement Mouna. Ne reste pas là, à me regarder, idiote.

La petite noire s'enfuit. Restée seule, Mouna s'assit sur un canapé bas. Elle était soucieuse et s'étourdissait depuis plusieurs jours, restant dans des soirées jusqu'à quatre heures du matin. On l'avait invitée à Bahrein et elle avait bien envie d'y aller.

Brusquement, le living-room lui sembla immense avec ses poufs montés sur roulettes. Pour se remonter le moral, elle alla jusqu'à sa penderie et l'ouvrit. Seules quelques reines et Jacqueline Kennedy avaient plus de vêtements que Mouna. Son placard mesurait vingt mètres de long. Elle choisit un pantalon en brocart syrien vert et un haut noir en dentelles, presque transparent. Pour l'invité de Khalil.

Le téléphone sonna. Elle hésita d'abord à répondre puis décrocha.

— Mouna?

La voix à la fois autoritaire et douce la fit sursauter. Une chaleur inquiétante descendit le long de ses reins. Elle se savait faible.

— Oui, fit-elle de mauvaise grâce. Je n'ai pas le temps de te parler, je suis en retard.

— Moi, il faut que je te parle, fit la femme, plus durement. Aujourd'hui.

Mouna grommela une injure en arabe.

— Je n'ai pas le temps, répéta-t-elle. Butée. Viens me masser demain.

— Non, aujourd'hui. Cela te fera du bien.

Elle raccrocha avant que Mouna ait eu le temps

de dire non. D'ailleurs, elle savait qu'elle n'aurait
pas pu refuser. Avec un soupir, elle remonta prendre une douche. Elle aimait se sentir propre. Et les
mains de Katia extirpaient toujours sa fatigue et ses
soucis avec un savoir-faire divin. C'est à cause d'elle
que Mouna avait fait aménager une petite salle de
relaxation et de culture physique, au premier étage,
près de sa chambre.

.*.

Katia ôta son imperméable long et apparut vêtue
d'une simple blouse blanche d'infirmière descendant
jusqu'à ses bottes noires. Mouna l'embrassa distrai-
tement.
— Tu es en retard, reprocha-t-elle. J'attends
quelqu'un.
Katia haussa les épaules avec insouciance.
— Dans une demi-heure, tu seras libre. Il fallait
que je te voie. Nous montons?
Elle précéda Mouna dans l'escalier métallique.
Cette dernière appela :
— Saadi!
La petite Soudanaise surgit de la cuisine.
— Un monsieur va venir, expliqua Mouna. Si je
suis encore en haut, fais-le entrer et donne-lui à
boire.
Enroulée dans son peignoir de bain, elle monta
pour rejoindre Katia.

.*.

Les yeux baissés, Saadi fit entrer Malko et l'installa sur un divan près de l'escalier. Trente secondes plus

tard, elle était de retour avec l'inévitable café à la cardamome. Malko prit son mal en patience. L'appartement était silencieux et calme. Le café servi, la Soudanaise s'était éclipsée.

Il était là depuis cinq minutes quand il perçut un gémissement. Il tendit l'oreille. Cela venait du haut de l'appartement. Le bruit se reproduisit, plus fort. Un mélange de cri de douleur et de gémissement de volupté. Torturé entre son éducation et son métier, Malko hésitait. L'idée de violer l'intimité de son hôte l'horrifiait. Après un gémissement plus appuyé, son côté « barbouze » prit le dessus et il s'engagea à pas de loup dans l'escalier d'acier et de marbre.

Il parvint au palier supérieur sans encombre. Les gémissements continuaient, venant de la droite. Heureusement, d'épais tapis amortissaient le bruit de ses pas. Frôlant le mur, Malko parvint en vue d'une porte ouverte. Il avança encore de quelques centimètres pour tenter de voir ce qui se passait dans la pièce. Un gémissement plus fort le fit reculer. Centimètre par centimètre, il se rapprocha ensuite jusqu'à apercevoir l'intérieur de la pièce dont la porte était demeurée ouverte.

D'abord, il ne vit que le visage d'une femme à la mâchoire volontaire et au nez retroussé, étendue sur une table de massage. Elle avait les yeux fermés et se mordait les lèvres. Progressant encore un peu, il aperçut le dos d'une autre femme en blouse blanche, avec des cheveux relevés en chignon sur la nuque.

A ce stade, il faillit abandonner. Il avait horreur de ce rôle de voyeur. Puis, un sixième sens le fit avancer encore. Et il n'eut plus du tout envie de redescendre.

La femme en blouse blanche appuyait son visage
contre le torse nu de la brune aux cheveux courts.
C'était la fille au chapeau noir qu'il avait vu danser
au *Club*. La lesbienne, d'après Houry. Débarrassée
de ses lunettes, elle avait beaucoup de charme. Malko
vit une bouche large et sensuelle effleurer d'abord
la poitrine de la femme étendue puis la caresser
longuement. La femme à la blouse blanche l'embrassait doucement, délicatement. Le corps de l'autre
se tordit en arc de cercle et elle gémit encore plus
fort. De la main gauche, elle attira la « masseuse ».
La main de celle-ci apparut pour la première fois
dans le champ, caressant lentement les hanches minces. Une main élégante et fine avec de longs ongles
peints en vert émeraude. Et un étrange bijou : deux
griffes d'or recourbées montées sur d'épais anneaux
d'or. Ils descendirent et disparurent aux yeux de
Malko, vers le bas du corps de la victime consentante.

Celle-ci se raidit d'un coup sous une caresse plus
précise. Maintenant, elle avait la bouche ouverte
et haletait à petits coups. Les lèvres infatigables
descendaient et montaient toujours le long de son
corps. Sa main gauche descendit vers son ventre,
comme si elle voulait guider la masseuse dans sa
caresse.

Pendant d'interminables secondes, la position ne
changea pas. La tête de la femme étendue dodeli-
nait, son bassin se soulevait rythmiquement. Enfin,
elle cria, des mots sans suite en arabe que Malko
ne comprit pas.

Aussitôt elle se redressa, assise sur la table et attira
contre elle la « masseuse ».

Fébrilement, la femme commença à déboutonner

la blouse blanche. Peu à peu, Malko vit apparaître un corps mince et musclé, avec une petite poitrine aux aréoles très brunes et un ventre légèrement bombé, surmontant des jambes de gazelle. La femme qui était étendue se redressa et enfouit son visage contre la chair tiède. Sa main fila vers le triangle noir du ventre. Les doigts aux ongles verts l'arrêtèrent fermement. Elle leva un visage à l'expression douloureuse et étonnée.

— Tu ne m'aimes plus?

Une vraie voix de petite fille. Le sang de Malko battait à ses tempes. L'amour entre ces deux femmes superbes n'avait rien de repoussant. Il se demanda si Khalil Jezzine était au courant des étranges « massages » de sa femme. Car cela ne pouvait être que Mouna.

— Si, je t'aime, fit la voix douce et basse de la fille aux ongles verts, mais j'ai une autre cliente qui attend...

Mouna crocha dans la blouse blanche.

— Tu ne vas pas...

La fille rit :

— Tu es folle! Je te vois demain?

Mouna se détendit.

— Oui. A cinq heures. Tu auras un peu de temps?

Suppliante. Malko pensa que chacun avait ses faiblesses. La fille mince accentua son sourire retroussant ses lèvres bien dessinées.

— Je te promets.

Elle commença à reboutonner sa blouse. Malko se hâta de regagner l'escalier. Il n'avait pas du tout envie de rencontrer Mouna maintenant. Il alla frapper à la porte de la cuisine et la tête crépue de Saadi apparut.

— Je suis désolé, expliqua Malko. Je n'ai pas le temps d'attendre Madame. Je lui téléphonerai. »

Il se hâta vers la sortie. Perplexe. La belle Mouna semblait un personnage complexe.

.·.

Khalil Jezzine sembla s'enfoncer dans son fauteuil. Il jeta à Malko un long regard plein de reproches comme si cela avait été de sa faute.

— C'est impossible, dit-il plaintivement, impossible. Mouna ne peut pas être mêlée à cette histoire. C'est impossible... »

Machinalement, il secouait la tête, comme pour donner plus de force à ses paroles. Malko remarqua impitoyablement :

— C'est quand même une coïncidence curieuse qu'on ait tenté de me tuer juste après que vous ayez dit à Mouna que ma présence allait vous permettre de signer avec les Chinois...

— C'est sûrement une coïncidence, répéta le Libanais.

Malko s'abstint de répondre. Il était toujours vivant pour n'avoir jamais cru aux coïncidences dans son métier. Ceux qui y avaient cru peuplaient le cimetière d'Arlington. Mais c'était inutile d'affoler encore plus l'homme d'affaires libanais. Il était capable de tout aller raconter à sa femme.

— C'est peut-être une coïncidence, concéda-t-il. Mais je vous demande de ne pas parler de mes doutes à Mouna.

— Bien sûr, s'empressa de répondre Khalil Jezzine. Mais j'espère que vous allez enfin trouver le vrai coupable.

Malko se leva, avec un regard de pitié pour le gros homme.

— J'espère aussi, fit-il.

*
* *

La voix joviale et forcée de Harold faisait vibrer le récepteur.

— Je vous l'ai retrouvée, cette petite caille, proclama-t-il. Si vous êtes libre, nous pouvons déjeuner demain ensemble.

— Avec joie, dit Malko.

Il se sentirait quand même plus tranquille quand il aurait interrogé lui-même la mystérieuse Mireille, la Française qui avait pratiquement assisté au meurtre de Adel Jezzine.

— Alors, rendez-vous au *Café de Paris* à une heure, dit Harold. C'est sur Hamrah, vous trouverez facilement.

Hamrah Street, c'était les Champs-Elysées de Beyrouth, avec ce que les Libanais appellent des cafés-trottoirs, une foule de minettes européanisées, des boutiques de mode et des bars. Le centre de gravité du Beyrouth snob.

CHAPITRE VII

Les yeux de poisson de Mireille détaillèrent Malko. Moulée par un ensemble de lainage rouille, elle était vraiment très appétissante. Sauf les traits qui dégageaient une bêtise incommensurable. Mais la belle bouche superbement ourlée suait l'érotisme.

— Vous voyez, je vous l'ai amenée! proclama triomphalement Harold. Comme promis.

Le *Café de Paris,* caféteria « in » de la rue Hamrah était bourré.

Sans souci des voisins, Harold passa une main autour du torse de la fille et lui agaça la pointe d'un sein à travers le lainage fin. Elle gloussa et se rapprocha de lui. Pas gênée pour une piastre.

— Si on allait bavarder ailleurs, suggéra Harold.

Avec une habileté de prestidigitateur, il poussa la soucoupe avec l'addition vers Malko, tira un étui à cigarettes en or de la taille d'une pierre tombale et se pencha à l'oreille de Mireille.

— On va prendre le café chez toi, ma belle.

Mireille regloussa. La grande main de l'Anglais avait complètement disparu sous la table. Malko laissa vingt livres et se leva. Il n'avait pas encore pu parler sérieusement avec la fille. Mireille avait visiblement un cerveau de la taille d'un petit pois.

Elle se leva la première, suivie des regards admiratifs de tous les mâles présents, et sortit dans la rue Hamrah. Aussitôt Harold se rapprocha de Malko, l'air canaille.

— Elle est chouette, non? Vous verriez ce cul. Il est si beau qu'on a envie d'y mettre la main. Et elle fait exactement ce que je lui dis. (Il eut un rire satisfait.) Il faut dire que je la baise pas mal. Elle est folle de moi. Mais si vous voulez tout à l'heure, on va s'amuser... Elle est toujours partante dès qu'il y a un nouveau venu...

La vulgarité à ce degré-là devenait presque un joyau.

— Je ne sais pas si j'aurai le temps, répondit Malko, nettement sur la réserve. Je voudrais lui parler sérieusement.

Une partouze en si mauvaise compagnie ne lui disait vraiment rien.

Altière et idiote, Mireille les attendait sur le trottoir, les seins braqués sur les passants et la croupe cambrée. Un bel animal. Harold lui prit le bras et le sein du même geste et Malko leur emboîta le pas.

*
* *

— Enlève donc ton pull, suggéra Harold.

Depuis qu'il était entré, il accumulait les effets de biceps, en chemise, faisant miroiter son énorme gourmette. Docilement, Mireille posa le plateau avec les tasses de café et ôta son pull. Puis elle défit son soutien-gorge et s'assit entre Malko et Harold, la poitrine nue. Elle avait des seins magnifiques, en forme d'ogive. Malko n'avait jamais vu une femme se déshabiller avec autant de naturel...

— Parlez-moi de l'homme que vous avez vu le soir où Adel a été tué? demanda-t-il.

Mireille fronça les sourcils.

— J'ai tout dit aux flics. C'était un vieux type, plutôt épais, avec des lunettes et des cheveux blanc-gris. Grand comme vous...

— Comment était-il habillé?

— J'ai rien vu, il avait un imper américain, un trench, truc.

— Coat.

— C'est ça.

Elle se pencha pour mettre du sucre dans la tasse de Malko et la pointe de son sein effleura sa main. Au passage, Harold la prit à bras le corps, la renversa sur ses genoux et s'attaqua à la fermeture éclair de son pantalon. Elle gigota quelques secondes et protesta :

— Arrête, tu vas me la craquer.

Elle se dégagea, se mit debout, acheva ce qu'Harold avait commencé et apparut avec un slip à fleurs minuscule qui ne cachait rien de son anatomie.

— T'es content! fit-elle. Qu'est-ce qu'il va penser de moi, ton copain?

Malko ne pensait rien.

— Cet homme, vous pourriez le reconnaître? demanda-t-il.

Mireille lui coula un regard torve et se massa les seins machinalement.

— Moi, je veux pas d'emmerdes.

Les yeux dorés prirent leur expression la plus câline. Mireille fondit imperceptiblement.

— Disons que si vous le rencontriez pas hasard, vous le reconnaîtriez? répéta Malko.

Elle eut une moue.

— Ouais. Mais je veux pas d'emmerdes.

Ce n'était pas lourd. Chercher dans Beyrouth un homme massif à cheveux gris, Malko pouvait y passer le restant de ses jours. Il ne restait plus que la piste Mouna. Mais la Libanaise ne serait pas facile à manipuler. Dépité, Malko but son Nescafé absolument infect. Mireille, après avoir mis un disque sur l'électrophone s'était rassise entre eux deux.

La main d'Harold fila sur son ventre bombé et passa sous le slip, en une caresse franchement obscène. Mireille se renversa en arrière et sa main se posa sur la cuisse de Malko. C'était bien parti.

Harry lui fit un clin d'œil.

— Vous allez voir comme elle aime ça. Dès que je l'ai chauffée un peu, je vous la passe.

La bouche entrouverte, Mireille ressemblait plus que jamais à un poisson. Malko pensa à un gros mérou. Mais ce qu'Harold était en train de faire n'avait rien à voir avec la pêche sous-marine. Malko se leva :

— Je n'ai pas le temps de rester. Merci et à bientôt.

Mireille ne broncha pas. La dernière chose que vit Malko avant de fermer la porte, c'est la lourde silhouette de Harold s'écrasant sur elle.

Il se retrouva dans le grouillement élégant de la rue Hamrah, guère plus avancé. Ignorant toujours l'identité du tueur. Une pensée désagréable lui traversa l'esprit. Dans ce grouillement, n'importe qui pouvait tirer sur lui et s'enfuir.

*
*

— Salut, vieille canaille.

Harold toisa Harry Erivan d'un air satisfait et

sûr de lui. Ils s'étaient presque heurtés en face du *Stand*, le grand magasin de Hamrah.

Tout le monde se connaît à Beyrouth. Parfois, les deux hommes se retrouvaient à l'apéritif au *Saint-Georges*. Au début de son séjour, Harold avait essayé de se faire présenter des femmes mûres par Harry qui photographiait pas mal de mariages. A charge de revanche, l'Arménien profitait parfois des filles faciles attirées par la faconde d'Harold.

— Qu'est-ce que tu fais par ici? demanda Harold, tu dragues les minettes...

L'œil de Harry brilla. L'Arménien raffolait des filles très jeunes.

— Il paraît qu'il y plein de petites étudiantes qui font le turf, dit-il. On s'assoit à un café et elles vous raccolent. Mais je suis resté une heure et je n'ai rien vu.

Harold éclata d'un rire supérieur.

— Ce que tu es con. Pourquoi tu ne me demandes pas quand tu veux baiser? Tiens, je viens de me faire une fille extraordinaire, l'affaire du siècle. La meilleure suceuse à l'ouest du Jourdain. Et des miches, des seins... »

Il en devenait lyrique... L'Arménien l'interrompit.

— Présente-moi.

Très grand seigneur, Harold fit aussitôt :

— Quand tu veux. On dîne après-demain à *la Grenouille*. D'ailleurs ce sera marrant que tu la voies.

L'Arménien secoua la tête en signe d'incompréhension.

— Pourquoi?

— Tu vas lui donner des idées... Elle était avec Adel Jezzine quand il a été tué. Le type qu'elle a décrit, le tueur quoi, te ressemble vaguement. Ça va lui faire un choc. Surtout si tu as un imper américain comme le gars... Ça va l'exciter encore plus...

Harry Erivan, cela ne l'excitait pas du tout. Il avait l'impression qu'une balle de ping-pong s'était coincée en travers de la gorge. L'image de la belle fille passa devant ses yeux. Elle ne pouvait pas ne pas le reconnaître s'ils dînaient ensemble. Harold, qui jouait avec son étui à cigarettes, ne sembla pas s'apercevoir de son trouble.

— D'ailleurs, si tu veux, on ira au *Club* avant d'aller baiser et je te présenterai l'Américain qui est chargé de l'enquête. C'est un Prince comme moi et il ne peut plus se passer de moi depuis que je lui ai présenté Mireille.

Il aurait pu raconter les *Mille et Une Nuits* à Harry, sans en tirer la moindre étincelle d'intérêt.

— Je me demande si je vais pouvoir venir, fit mollement l'Arménien. J'ai du boulot en ce moment.

Harold le prit par le bras, plein d'autorité :

— Ne déconne pas. Tu viens. Remarque si ça t'emmerde vraiment, je t'amène la petite à ta boutique, pour une séance de poses. Elle adore se foutre à poil.

L'Arménien ne pensait plus qu'à une chose : balancer son encombrant copain dans l'égout le plus proche. Harold adorait rendre ce genre de service, s'imaginant qu'il avait ensuite barre sur les gens. Il lui tendit la main.

— Bon. A après-demain.

Il fila reprendre sa Mustang garée sur le terre-plein en face du restaurant *La Grenouille*. Il avait deux jours pour trouver une solution. Mireille représentait un danger mortel pour lui maintenant, tant

qu'elle serait à Beyrouth. Et il ne savait même pas
où elle habitait! Le cerveau vide, il se demanda
comment il allait avouer cet avatar au lieutenant-
colonel Davoudian. Même s'il n'allait pas au dîner,
ce sompteux crétin d'Harold risquait de parler de
lui à l'homme blond qui travaillait pour les Américains et de lui mettre la puce à l'oreille.

C'était la série noire.

.*.

Le lieutenant-colonel Davoudian réprima une
envie féroce de jeter son verre à la figure de Harry.
Un vide opaque dans le regard, il fixait sans les
voir les murs rouges du pub *Duke of Westminster*,
la Mecque des barbouzes libanaises. Avec une immobilité effrayante. C'est là qu'il venait, deux fois par
semaine, distiller ses informations sur le monde arabe,
pour le plus grand bénéfice des journalistes anglais
et américains. Qui ne comprenaient pas toujours
pourquoi l'homme du KGB leur disait que la
Syrie venait de recevoir des SAM 3. Alors que le
KGB tenait à ce que les autres le sachent...

— Tu es un foutu imbécile, dit-il à Harry en
arménien.

Le photographe baissa la tête. Son visage empâté
avait pris une expression butée et maussade. Il
pensait à ses parents. C'était si facile de les faire
disparaître. Il répliqua piteusement :

— Je ne pensais pas que cette fille pourrait jamais me reconnaître. Si vous me donnez l'autorisation, je vais m'en occuper. C'est facile...

L'homme du KGB sursauta.

— Tu as assez fait de conneries. Tu ne vas t'occuper de rien. Après-demain va dîner.

— Mais, si...

Davoudian lissa ses cheveux gris en arrière, une
lueur meurtrière dans ses petits yeux intelligents.

— Tu feras ce que je te dis. En attendant d'autres
instructions. J'ai encore reçu des ordres de la rue
Dzerzhinsky [1]. Il ne faut pas que cet accord commercial soit passé avec les Chinois. A aucun prix. Tu
as encore des ampoules?

— Deux.

— Bien. Je te donnerai le signal. Tu vas commencer à étudier de près les habitudes de Khalil Jezzine.

Harry clignota des yeux. Pas enthousiaste.

— Il est bien protégé, et il y a cet Américain.

— Il n'y aura plus cet Américain, fit le lieutenant-
colonel Davoudian, d'un ton définitif. Maintenant, fous le camp.

Harry termina son arak et descendit de son tabouret. Qu'allait-il se passer le surlendemain si la
fille poussait un cri perçant en le reconnaissant?
Dehors, il frissonna. Un vent glacial soufflait sur
Beyrouth.

Il heurta presque Elie la barbouze, toujours en
col roulé, qui venait aux nouvelles. Le Libanais
eut un sourire placide pour lui. Depuis longtemps,
il savait que Harry travaillait pour le KGB. Comme
informateur chez les Arméniens. Mais, à Beyrouth,
qui ne travaillait pour un ou plusieurs services de
renseignements? Les Libanais venaient d'arrêter un
Koweitien qui avait avoué sept patrons différents.
Sans compter ceux sur lesquels il s'était tu...

[1] Quartier général du KGB à Moscou.

⁂

Chris Jones huma l'atmosphère d'un air dégoûté, renifla et fit à mi-voix.

— Encore un pays de bougnoules.

Les yeux bleus et froids de Milton Brabeck inspectèrent la salle d'arrivée, encombrée d'Arabes en djellabas, de femmes en noir, de gosses au crâne rasé à cause de la pelade, de visages sombres et huileux. Un concentré de Moyen-Orient.

— Faut pas dire cela, Chris, reprocha-t-il. Ce ne sont pas des bougnoules, ce sont des bicots en voie de développement.

— Ça change tout, soupira Chris Jones.

Il s'avança et remit son passeport de service au douanier libanais qui le tamponna sans même le regarder. Les Libanais ont des défauts mais ne sont pas xénophobes. Leur acharnement à copier l'Europe est même parfois touchant. Les deux gorilles de la CIA continuèrent sagement d'avancer dans la queue. Avec leur silhouette massive, leur imperméable noir et leur feutre vissé sur la tête, ils puaient le flic à plein nez. Anciens « Marines » tous les deux, la CIA s'en servait pour les coups durs. De loin, Chris Jones faisait un peu gringalet, étudiant « prolongé », avec ses cheveux très courts et ses cent quatre-vingt-douze centimètres de haut. Il fallait s'approcher de près pour s'apercevoir que ses avant-bras étaient de la taille d'un petit jambon de Virginie.

Les deux ne connaissaient qu'une recette pour réussir dans la vie : tirer plus vite et mieux que les autres... Ce n'était pas leur première mission avec

Malko. Dès Istanbul[1], ils s'étaient mutuellement
connus et appréciés. Cette fois, ils ignoraient totalement pourquoi on les avait convoqués à Beyrouth.
Chris regarda une superbe Jordanienne vêtue d'une
super-mini en dentelle, maquillée outrageusement,
provocante au possible.

— Le Prince ne doit pas s'ennuyer dans ce pays,
remarqua-t-il.

Ils éprouvaient pour Malko un mélange d'admiration envieuse et de réprobation, trouvant qu'il
entrecoupait son travail de trop d'activités senti-
mentales.

En sortant, Milton Brabeck frissonna.

— Mais on grelotte, gémit-il. On va encore se
geler comme en Afghanistan. Je croyais qu'il y
avait des cocotiers partout ici. Et du soleil.

— On a déjà les singes, fit Chris louchant sur
un porteur en guenilles. On peut pas tout avoir.

Natifs tous les deux du Middle West, Chris et
Milton considéraient déjà New York comme une
ville étrangère. Alors, le Liban! Ce n'était pas du
racisme, mais de la prudence. A leurs yeux, le monde
se divisait en deux catégories : les pays où on pouvait boire l'eau des robinets sans tomber raide
mort et les autres. Visiblement, ils classaient le Liban
dans la seconde catégorie...

— Dis donc, fit Chris en montant dans le taxi,
c'est pas là qu'on avait débarqué en 58?

Milton fronça les sourcils.

— Si, je crois bien...

Le second gorille soupira.

[1] Voir *SAS à Istanbul.*

— On aurait mieux fait de nettoyer le pays avant de repartir.

Le chauffeur, un Libanais chrétien jovial et adipeux, se retourna avec un clin d'œil abominablement canaille.

— Les gentlemen veulent rencontrer des filles, peut-être. Je connais une masseuse... Très gentille. Avant d'aller à l'hôtel.

— On va au *Phœnicia,* fit fermement Chris et on n'a pas encore envie de se faire masser.

Milton baissa les yeux. Il pensait encore à la Jordanienne de l'aéroport. Si la masseuse lui ressemblait, il aurait pu faire un petit écart de conduite. Parfois il n'était pas d'accord avec la rigueur doctrinale de Chris Jones. Ce dernier avait tendance à considérer la CIA comme une école de pureté et eux comme des prêtres en civil...

.·.

Malko avait dîné au restaurant panoramique, au dernier étage du *Phœnicia* avec Chris Jones et Milton Brabeck. Un peu rassurés par le confort de l'hôtel, les deux « gorilles » de la Central Intelligence Agency commençaient à ressentir les effets du décalage horaire. Sept heures avec New York.

— Allez vous coucher, dit Malko. Demain, vous commencerez à protéger Khalil Jezzine.

Lui aussi était fatigué. La journée précédente avait été longue et dure. Bravement, il avait refusé de voir Houry, pas découragée par leur fin de soirée explosive. L'arrivée des deux « gorilles » était une bonne chose. Avec eux, il était presque certain que le Libanais ne serait pas victime du tueur mysté-

rieux du KGB. Mais il était nerveux. Lui aussi
était en danger. Ceux qui lui avaient envoyé le
lingot piégé recommenceraient.

Sa nouvelle chambre était encore plus spacieuse
et donnait sur la mer.

A peine y était-il entré que le téléphone sonna.
Il décrocha. C'était Khalil Jezzine.

Le Libanais était considérablement rasséréné par
l'annonce de l'arrivée de ses deux gardes de corps.

— Mouna a décidé de donner une soirée demain
soir, dit-il. Vous aurez ainsi l'occasion de la connaître.

Malko remercia. Avant de raccrocher, le Libanais
ajouta :

— J'ai eu les Chinois au téléphone aujourd'hui.
Ils s'étonnent de mon silence. J'ai dû dire que j'attendais le feu vert définitif de Washington... Mais ils
ne vont pas attendre indéfiniment... »

Cela, Malko le savait. Mais pour l'instant, il
n'avait pas avancé d'un millimètre dans son enquête.
A contraire : c'est lui qui était traqué.

Avant de se coucher, il fit le tour de la pièce,
ouvrant chaque tiroir. Puis il bloqua la chaîne de la
porte et verrouilla la porte-fenêtre du balcon. On
pouvait facilement passer d'une chambre à l'autre
par le balcon terrasse.

Il contempla quelques secondes ce qui restait de
la photo panoramique de son château. C'est pour
ses vieilles pierres qu'il se lançait dans ces aventures
insensées. Ce qui l'agaçait cette fois, c'était de ne
pouvoir embrayer sur aucune piste. A part l'am-
biguë Mouna Jezzine.

CHAPITRE VIII

— Danse, Mouna!

Quelqu'un avait mis un disque de danse orientale extraordinairement rythmé. Un jeune Libanais aux cheveux trop longs, la taille serrée dans une énorme ceinture métallique, vint prendre Mouna par la main et l'amena au milieu du living. Elle souriait, sûre d'elle et un peu ivre, très belle dans une longue robe en lamé argent, fendue sur le côté comme celles des danseuses professionnelles, qui dévoilait sa jambe jusqu'à la hanche. Enfoui dans les coussins de l'immense canapé en U, Khalil la dévorait des yeux. D'une démarche assurée et légèrement hautaine, souriant d'un air ambigu, Mouna s'approcha d'une invitée assise sur un pouf et prit le foulard attaché à son sac.

C'était une jeune femme que Malko avait déjà remarquée à cause de son manque de charme. Elle avait des traits anguleux, presque masculins, des cheveux noirs trop courts et portait un tailleur cintré. Elle buvait un grand verre de Peppermint.

Mouna attacha le foulard autour de ses hanches, ôta ses chaussures et commença à danser.

Une main complice braqua aussitôt un spot sur

elle. Il y avait déjà une cinquantaine de personnes dans l'immense appartement et la porte d'entrée était grande ouverte. Un énorme buffet froid avait été dressé dans la salle à manger. Un gigantesque *Meze* libanais composé de quarante-huit plats différents, plus des monceaux de brochettes et de viande. Des serviteurs vêtus de la longue robe brodée bleue soudanaise circulaient entre les tables silencieusement, chargés de plateaux de boissons. Il y avait de tout : du Pepsi-Cola au Moët et Chandon millésimé, en passant par du Gini et d'énormes magnums de *J and B*. Leurs visages sombres et impassibles semblaient ne pas voir les couples s'étreignant, flirtant indécemment, fumant et buvant. Au début, la soirée avait semblé assez guindée à Malko. Khalil et sa femme accueillaient leurs invités. Malko avait baisé la main de Mouna, tandis que la jeune femme l'observait à travers ses longs cils, d'un regard vif, dur et intelligent. Un sourire sensuel et éclatant avait plongé Malko dans des abîmes de perplexité.

A croire qu'il avait rêvé deux jours plus tôt.

Après le dîner, l'ambiance s'était subtilement modifiée. Certains invités s'étaient éclipsés. D'autres, plus jeunes, étaient arrivés. Mouna avait dansé presque indécemment avec un jeune Libanais sous l'œil intéressé de Khalil.

Malko commençait à se demander si cette soirée allait être aussi banale qu'il l'avait pensé...

L'atmosphère s'était chargé d'électricité. Il y avait trop de jolies femmes, trop provocantes. A la surprise de Malko, Harold était là avec Mireille. La jeune Française portait un short en lamé or, si moulant qu'il semblait avoir été cousu sur elle, découvrant au maximum ses jambes somptueuses. On avait

l'impression qu'il allait craquer à chacun de ses mou-
vements.

Les hanches de Mouna ondulaient dans la lumière
crue de plus en plus vite. Elle semblait s'être prise
au jeu, comme si elle s'identifiait à une de ces
filles chargées de chauffer à blanc des bédouins dans
les beuglants de la montagne. Son ventre s'offrait,
se retirait, vibrait. Sa croupe saillait insolemment.

Elle s'approcha en ondulant, les bras tendus, le
ventre offert, près du canapé où se trouvait Khalil
Jezzine. Le gros homme s'épongea le front avec sa
pochette de soie. Mouna était sublime; le symbole
du désir. Son regard effleurait un homme et immédiatement, il avait l'impression qu'elle le voulait. Elle
virevolta et sans souci des invités, se mit à mimer les
gestes de l'amour, les brusques saccades de l'orgasme,
tantôt les yeux fermés, tantôt souriante, provocante
et gaie.

Des hommes s'étaient assis à même le sol autour
d'elle, claquant des mains en cadence. Les yeux rivés
sur ses jambes, Malko en était mal à l'aise pour
Khalil. A chaque seconde, il s'attendait à ce que
l'un d'eux l'attrape et la prenne, là. Il n'était pas
certain qu'elle résisterait.

En dehors du coin où dansait Mouna, des groupes
d'invités bavardaient et buvaient, remplissant l'énorme living.

Malko avait déjà remarqué assise à l'écart sur un
pouf une jeune femme très brune aux traits un peu
épais, et empreints d'une grande dignité. Sa longue
robe de mousseline rouge, tout en étant extrêmement pudique, la moulait étroitement. Elle fumait,
l'air distrait, observant les gens autour d'elle. Un
serviteur s'inclina devant elle avec un plateau rempli

de coupes de Moët et Chandon. Elle refusa d'un
signe de tête et prit un Gini.

Elle semblait bien différente de ceux qui regardaient danser Mouna, étrangère et lointaine. Intrigué, Malko se pencha à l'oreille de Harold :

— Qui est la femme en rouge, là-bas sur le pouf?

L'amant de Mireille regarda dans la direction
indiquée par Malko et fit :

— Leila Khouzi. Une folle.

— En quoi est-elle folle?

— La politique. Elle ne rêve que de cela. Elle
ne prend ses amants que parmi les leaders gauchistes.
C'est une fanatique de la cause palestinienne.

— Mais qu'est-ce qu'elle fait ici?...

Harold haussa les épaules.

— Oh, elle ne restera pas lontemps. Elle vient
seulement parce que Khalil reçoit souvent des gens
connus chez elle et qu'elle espère les endoctriner...
Elle est issue d'une très grande famille, très
conservatrice. On l'appelle la Princesse, d'ailleurs.

Malko se leva. Cette Princesse l'intriguait.

Quand il passa près d'elle, Mouna le frôla avec
un air de défi. Offerte et provocante. Il sembla
à Malko que les lumières avaient encore baissé.

.:.

La « Princesse » avait facilement engagé la conversation avec Malko, apparemment ravie de parler à
un étranger. Depuis dix minutes il avalait
des récits d'horreurs israéliennes débités avec une
conviction totale. Les yeux brillants, la « Princesse » affirma :

— Nous finirons par gagner. Parce que nous

avons raison. Je méprise les Libanais parce qu'ils ne font rien.

Sa fougue était pleine de charme. Malko se dit qu'un tel personnage pouvait peut-être lui apprendre des choses utiles. Elle semblait connaître tout Beyrouth.

— J'aimerais vous revoir.

Elle eut un sourire contraint.

— C'est un peu difficile.

— Pourquoi?

— Je n'aime pas me montrer en ville avec un étranger. Tous mes déjeuners sont pris pour quinze jours. Chez moi, je ne tiens pas à vous recevoir. Si mes serviteurs voyaient un homme — surtout un étranger — dans la maison après la nuit tombée, ils donneraient tous leur démission et iraient s'excuser sur la tombe de mon père. Nous sommes une famille très traditionaliste. Ma sœur sort avec un chrétien. Eh bien, je reçois sans arrêt des lettres d'amis ou de parents qui me proposent de la tuer pour faire cesser le scandale.

Charmant.

— Vous n'avez pas encore donné suite? demanda Malko mi-figue mi-raisin.

Elle haussa les épaules.

— Non, ce n'est pas la peine, elle ne l'épousera pas. Vous savez, chez les gens simples, dans le désert, les femmes font encore l'amour en mettant un journal entre leur corps et celui de leur époux. Pour qu'il n'y ait aucun contact impur en dehors de l'endroit *najeh* [1].

Il la fixa de ses yeux dorés.

_____
[1] Sale.

— C'est une méthode que vous employez aussi?
Elle rougit.

— Je n'ai pas d'amant, fit-elle avec une certaine
brusquerie. Il y a mieux à faire.

Mouna continuait d'onduler des hanches au
rythme de la musique. La puritaine Leila était
vraiment déplacée dans cette soirée qui paraissait
tourner à l'orgie.

— Voulez-vous danser, demanda-t-il.

Elle secoua la tête.

— Merci, je ne danse jamais. Je vais partir
d'ailleurs. Khalil est un porc.

— Que faites-vous là?

Elle haussa les épaules.

— Je rencontre parfois des gens qui me sont
utiles. Pour la cause que je défends. Voyez-vous je
ne suis attirée que par les gens extrêmement puis-
sants. Même s'ils ne sont ni beaux ni jeunes, ni
intelligents. Quand je les vois donner un ordre, je,
je...

— Votre place est dans un harem, remarqua
Malko.

Elle le foudroya du regard.

— Pas du tout. Je suis pour la libération des
femmes musulmanes.

Elle se leva et le fixa avec une certaine ironie.

— Bonsoir, monsieur. Je suis sûre que vous ne
vous ennuierez pas. Dans une heure on baisera
derrière toutes les colonnes.

Elle s'éloigna dans un grand envol de voiles
rouges, laissant Malko estomaqué par ces mots crus.
Il la vit sortir du living, raide comme la justice.

.·.

La prédiction de la « Princesse Leila » semblait
bien se vérifier. Malko, debout près de la chaîne
stéréo, contempla le spectacle. Les lumières avaient
encore baissé, et Mouna dansait toujours. Des couples se caressaient dans la pénombre relative, sans
retenue. Il huma l'air : cela sentait le haschich.

Il y avait des hommes et des femmes mêlés sur
tous les canapés, tous les poufs et à même les tapis
qui recouvraient le sol de marbre.

Enfoncé dans ses coussins, Khalil paraissait ravi.
Saisissant un petit projecteur, il le braqua sur un
couple en train de flirter près de lui.

Encouragé, le garçon accentua sa caresse, découvrant d'un coup les jambes un peu épaisses de sa
partenaire. Khalil cria d'une voix de fausset qui
domina la musique :

— Fais-lui l'amour, Gamal.

Emoustillée, Mouna virevolta, vint brusquement
s'asseoir sur les genoux de son mari et enfonça une
langue agile dans sa bouche. Khalil poussa un grognement de plaisir et voulut lui arracher sa robe.
Il ne parvint qu'à la découdre de vingt centimètres,
découvrant un peu plus le corps de sa femme.
Celle-ci lui échappa et recommença à danser.

Gamal, le voisin de Khalil se leva, prit sa partenaire par la main et ils s'éloignèrent vers le fond
du living. Malko les vit s'engager dans le grand escalier : le haut de l'appartement devait être réservé aux
couples qui souhaitaient s'épancher plus librement.
Mais apparemment, ceux qui restaient dans le living
n'avaient pas envie de se retenir.

Un garçon aux cheveux gris poussa soudain une
fille à plat ventre sur un pouf. Elle poussa un cri
aigu mais ne se débattit que mollement quand il
écarta sa robe et tira son collant en arrière. Plusieurs invités éclatèrent de rire devant cette attaque brusquée. D'un coup de talon, l'agresseur
poussa le pouf à roulettes dans un coin d'ombre
et Malko ne distingua plus qu'une masse confuse
de corps entremêlés.

Il était un peu stupéfié par ce déchaînement. Sur
le grand canapé, Harold pelotait Mireille, pétris-
sant sans vergogne le lamé doré. Affalée sur les
coussins, elle fumait une cigarette de haschich, ses
yeux bleus encore plus comateux que d'habitude, acceptant passivement la caresse d'Harold.

Soudain, Malko sursauta. La fille qu'il avait vue
caresser Mouna au cours de la séance de massage,
celle qui s'appelait Katia, était là!

Assise par terre, le dos au mur, près de la brune
au visage ingrat, elle regardait Mouna danser.
Comme au club, elle avait ses lunettes noires, son
short ultra-court et ses longues bottes montant au-
dessus du genou. Malko fut frappé par la dureté
de ses traits. Mouna, lentement, se rapprocha d'elle
et dansa encore plus lascivement.

Khalil cria quelque chose en arabe qui fit rire
toute l'assemblée. Malko s'approcha d'une grande
fille maigre décoiffée qui farfouillait dans les dis-
ques.

— Qu'est-ce qu'il a dit?

— Il offre dix mille livres si elles font l'amour
ensemble. C'est idiot...

— Pourquoi?

— Elles le feront pour rien tout à l'heure, quand elles auront assez bu...

Un hurlement jaillit du canapé. A la suite d'un mouvement brusque, la robe de Mouna s'était encore déchirée et on apercevait sa poitrine.

Cela ne sembla pas gêner la jeune femme. Rapidement, elle acheva de déchirer sa robe et se drapa à partir des hanches dans les débris de son vêtement. Ses seins étaient petits et attachés hauts. Maintenant, les cheveux dans la figure, les yeux brillants, elle était encore plus belle. Un homme lui tendit une coupe de Dom Pérignon et elle la but d'un coup.

Deux couples se levèrent et partirent vers l'escalier. Une autre fille, un peu plus loin, commença à danser sur le même rythme que Mouna. Uniquement vêtue de son collant et d'un tricot de corps descendant à mi-cuisse. Une Française au corps nerveux et mince et aux reins cambrés. Mireille était à moitié déshabillée et embrassait Harold à pleine bouche.

Une lourde odeur de haschisch flottait dans tout l'appartement. Mouna, infatigable, continuait à onduler des hanches et des reins. Maintenant, elle ne fuyait plus quand des mains d'hommes la caressaient au passage. Malko remarqua que la fille aux cheveux courts et Katia se tenaient la main.

Sur le divan, Khalil avait du mal à respirer. Le spectacle de sa femme offerte et à demi-nue lui faisait totalement oublier ses angoisses et sa peur.

Une fille très maquillée se leva et suivit son cavalier dont le sexe faisait une bosse insolente sous ses vêtements. En passant devant Malko, elle demanda à mi-voix :

— Vous venez...

Il sourit sans répondre. Cette orgie était divertissante à observer, mais cela ne faisait pas avancer son problème d'un pouce. En bas de l'immeuble Chris Jones et Milton Brabeck faisaient le pied de grue, armés comme des bandits mexicains. Prêts à tout. Mais ce n'est pas dans cet appartement luxueux que Khalil risquait quelque chose. A tout hasard, Malko avait glissé son pistolet extra-plat dans un étui de lézard spécialement fait pour lui au Brésil. En espérant bien ne pas avoir à s'en servir.

Une petite Soudanaise en jupe plissée ramassait les cendriers. La grosse main de Khalil crocha entre ses jambes. Elle poussa un cri et s'immobilisa. Sans cesser de danser, Mouna lui cria quelque chose. Docilement, la fille posa son plateau et resta là.

Le visage de Khalil était métamorphosé. Ses yeux bleus et proéminents brillaient d'un éclat presque dément, tandis qu'il caressait la Noire, sans quitter Mouna du regard.

Sa femme se rapprocha de lui, comme pour le narguer. La Soudanaise poussa un cri. Les doigts épais s'étaient brutalement enfoncés en elle. Puis la main de Khalil retomba et il s'affala en arrière. Epuisé.

Mouna dansait plus lentement. La sueur coulait sur son torse, la rendant plus désirable. Malko se demanda à qui elle allait se livrer en premier. Trois ou quatre hommes seuls la convoitaient visiblement. Sans parler de la fille aux lunettes noires qui la guettait comme une araignée. Soudain, toutes les lumières s'éteignirent. La voix rauque de Mouna cria en français :

— Maintenant, chacun fait ce qu'il veut.

La fille maigre et échevelée s'appuya contre Malko et sa main glissa le long de son corps. Il sentit une haleine alcoolisée et deux lèvres chaudes s'emparèrent des siennes. Il se dégagea, et, à tâtons, regagna le canapé.

⁂

Diogène adipeux et paillard, Khalil Jezzine ralluma une lampe et la brandit, éclairant l'endroit où Mouna avait dansé.

Un homme était accroupi maintenant à côté d'elle, très beau et très sombre de peau, avec des dents éblouissantes. Ses yeux étaient fixés sur les jambes de Mouna et sur l'ombre en haut de ses cuisses. Elle s'était assise à même le sol, le dos au mur, les jambes croisées devant elle. Dans une attitude violemment impudique.

Elle renversa la tête en arrière, quand la longue main brune de l'homme caressa sa poitrine nue. Khalil se pencha vers Malko qui s'était laissé tomber près de lui.

— C'est le Prince Mahmoud, murmura-t-il. Il est très amoureux de Mouna. Il est venu spécialement de Djeddah pour la voir.

— Vous n'êtes pas jaloux? ne put s'empêcher de demander Malko.

— Tsst, tsst, fit Khalil. Et les lois de l'hospitalité, mon cher...

Ses yeux proéminents brillaient d'un éclat malsain, tandis qu'il regardait l'homme caresser sa femme. Malko commençait à comprendre pas mal de choses.

∴

Chris Jones soupira en fixant la lumière qui filtrait à travers les rideaux du sixième.

— C'est parti jusqu'à cinq heures du matin! remarqua-t-il amèrement. Notre Prince ne doit pas s'ennuyer.

Juste devant eux était garée une Rolls-Royce *Silver Shadow*, rose cuisse de nymphe, immatriculée au Koweit. La rue était pleine de Cadillacs, de Rolls, de Ferrari. Mouna ne choisissait ses amants que dans les grandes marques.

Quelques miséreux attendaient patiemment près de l'entrée de service qu'on leur jette un vieux loukoum.

— On devrait monter voir ce qui se passe en haut, proposa Milton tout émoustillé. Tu as vu arriver la fille en rouge? Elle n'avait rien sous sa robe.

Sa voix s'en cassa.

Chris Jones cracha son chewing-gum et le regarda sévèrement. Il allait finir par ressembler à Malko! Sans avoir de château. Milton s'était perverti au contact de New York...

— On n'a rien a faire là-haut, affirma-t-il d'un ton définitif. Notre boulot, c'est de veiller à ce que personne ne vienne buter ce gros poussah. D'ici.

∴

Harold et Mireille réapparurent. Satisfait, le playboy matamore s'allongea près d'une fille seule tandis que Mireille venait s'asseoir près de Mouna.

Son short en lamé or qui découpait ses détails

les plus intimes comme une sculpture surréaliste
fit l'effet sur le Prince Mahmoud du rouge sur le
taureau. Le Séoudien, abandonnant la poitrine de
Mouna, s'allongea aussitôt près d'elle. Comme si
elle n'attendait que cela, la fille aux lunettes noires
prit Mouna par le cou et l'attira.

L'immense appartement était plongé dans une
obscurité presque totale, à part la lampe près de
Khalil.

Cela sentait de plus en plus le haschisch. Plusieurs des invités, étendus sur les tapis, fumaient
en silence.

Le Prince Mahmoud caressa un des seins de
Mireille, très doucement, à travers le tissu, et elle
en éprouva une sensation délicieuse. Automatique-
ment, elle tendit le visage vers lui et ils échangèrent
un long baiser. Presque aussitôt, il se leva et la prit
par la main. Docilement, elle se laissa entraîner
vers le grand escalier. Follement excitée par cette
ambiance de liberté totale, d'érotisme sophistiqué.

Les trois premières chambres où ils voulurent
entrer étaient déjà occupées et ils durent se réfugier
dans celle de Mouna, sur la couverture de loup.

Quand le Prince Mahmoud chercha la fermeture-
éclair de son short, Mireille cambra les reins pour
l'aider.

D'une caresse brutale et précise, il la cloua sur le
lit bas. Il se pencha sur sa poitrine, écarta le chemisier, et la mordit si fort qu'elle poussa un cri.
Maintenant ses doigts fouillaient son ventre avec
une violence primitive. Comme s'il avait voulu la
déchirer. L'excitation de Mireille tomba d'un coup.
Il était aussi brutal et maladroit qu'Harold. Soudain elle sursauta.

Quelqu'un venait de s'allonger près d'elle dans l'obscurité. Une main très douce courut sur sa poitrine, et une voix murmura à son oreille.

— N'aie pas peur.

A cause de l'obscurité, Mireille ne pouvait voir de qui il s'agissait. Mais elle sentit le corps tiède d'une femme s'allonger contre elle. Le Prince eut d'abord un mouvement de recul, puis avec un grognement, lâcha Mireille pour caresser l'autre femme. Cette situation semblait l'exciter prodigieusement. La jeune Française sentit une main arracher les doigts qui la fouillaient. Ils furent remplacés par une main habile qui s'empara d'elle avec une science infinie.

Elle se détendit aussitôt. Le Prince grognait et haletait seul. Elle comprit que, de son autre main, l'inconnue le caressait, après l'avoir mis à nu. Mireille n'avait plus envie de ce sexe d'homme, mais seulement de cette douceur.

Instinctivement, elle se cambra, offrant son ventre à la caresse. Le Prince Mahmoud bascula sur elle, chercha sa voie, puis d'un coup de reins violent, la pénétra. L'inconnue n'avait pas retiré sa main. La chevauchée du Prince ne dura pas longtemps. Après un ultime coup de reins, il demeura effondré sur Mireille, essoufflé et satisfait. Soudain, l'homme poussa un grognement de douleur.

Avec ses ongles, l'inconnue lui avait égratigné la base du sexe! Volontairement, avec l'intention de le blesser.

Il s'arracha de Mireille et resta sur le dos à côté d'elle, sans même la caresser. Mireille se sentait étrangement euphorique. L'inconnue ne l'avait pas abandonnée et elle sentait monter son plaisir. Tout à coup, il y eut le bruit léger d'un briquet. Mahmoud allumait une cigarette. L'inconnue se détourna, furieuse et souffla la flamme.

— Je n'aime pas la lumière, fit-elle sèchement.

Vexé, le Prince Mahmoud ne répondit pas. Il se leva et s'en alla, sans un mot pour Mireille. Celle-ci retint une envie de rire. En pensant à ce que disait la rumeur publique sur les capacités amoureuses de l'homme qui venait de si mal lui faire l'amour.

Encore une légende des *Mille et Une Nuits*. Décidément, le lyrisme arabe n'avait pas de limite.

Les lèvres de l'inconnue se posèrent sur les siennes. D'abord Mireille eut un réflexe de recul. Elle n'avait jamais embrassé une femme de cette façon. Puis, elle se laissa faire. La caresse continuait, toujours aussi douce. De son autre main la femme défit les boutons de son chemisier.

Maintenant, Mireille se moquait éperdument du monde extérieur. Elle agrippa le dos de l'inconnue, sentant monter son plaisir, puis retomba, calmée, heureuse. Ses cheveux étaient trempés de sueur, tant sa jouissance avait été violente.

Soudain, l'inconnue s'allongea sur elle, ventre à ventre. Mireille sentit qu'elle était vêtue d'un short, elle aussi, comme c'était encore la mode à Behrouth. Sa partenaire se redressa et s'agenouilla sur ses hanches. Les mains remontèrent, de chaque côté du torse de Mireille, les pouces effleurant au passage les mamelons encore érigés, faisant frémir la Française, puis continuèrent pour se poser sur les épaules.

Les yeux fermés, Mireille se laissait faire. A son tour, elle avait envie de donner du plaisir à cette inconnue. Elle avait complètement oublié l'homme qui venait de se servir de son corps de cette façon si égoïste.

Les mains de l'inconnue effleurèrent doucement sa gorge. Elle se pencha et sa langue chercha à écarter les dents de Mireille. Celle-ci se plia docilement à ce nouveau caprice.

Au même moment, les deux pouces qui la caressaient s'enfoncèrent de part et d'autre de sa gorge, écrasant ses carotides. Pendant une fraction de seconde, elle crut à un jeu amoureux, à une variation sadique du plaisir. Puis, elle éprouva une terreur abjecte. Sans un mot, l'inconnue serrait toujours. N'étant plus irrigué, le cerveau de Mireille cessa rapidement de fonctionner.

D'un coup, elle ne sentit plus rien. Sa main crispée dans le dos de l'inconnue retomba.

A cheval sur Mireille, celle-ci continuait son œuvre de mort. Un couple s'arrêta sur le pas de la porte, et, voyant les deux corps enlacés, s'éloigna.

**

— Eh, tu as entendu?

Milton Brabeck se réveilla en sursaut et tendit l'oreille. La sirène d'une ambulance se rapprochait. Le véhicule grossit dans leur rétroviseur, ralentit et s'arrêta juste derrière eux.

Les deux gorilles se redressèrent en sursaut.

— Nom de Dieu! fit Chris Jones.

— Ne nous affolons pas, c'est peut-être une nana qui a des vapeurs.

Milton regarda les fenêtres éclairées au sixième.

Deux voitures de police surgirent à leur tour

venant de la Corniche. L'hypothèse de Milton Brabeck ne semblait pas se vérifier.

**
*

— Elle a été étranglée. Par un professionnel ou
quelqu'un ayant de sérieuses connaissances médi-
cales, dit Jerry Cooper. Tenez, voilà le rapport
d'autopsie. Elie me l'a procuré pour la journée.
Ils sont aussi embêtés que nous...

Malko prit le document.

— Pourquoi?

— A cause de Khalil et de Mouna Jezzine. Et
des gens qui se trouvaient là. Pas question d'y aller
avec de gros sabots. Pour un peu, on concluerait
que la petite a éternué trop fort. En plus une Française, danseuse au *Casino* et un peu putain... Alors
que les gens qui étaient là hier étaient hautement
respectables.

— Il y en a quand même un qui l'a butée, grogna Chris Jones.

Malko fronça les sourcils.

— Elle a eu des rapports sexuels juste avant sa
mort... On sait avec qui.

Jerry Cooper hocha la tête.

— Officiellement non. Officieusement, oui. C'est
le Prince Mahmoud. Le frère de... (Il baissa la voix.)
La police n'a même pas voulu l'interroger. Il est,
paraît-il, hors de question qu'il ait fait un truc
pareil. De toute façon, il est trop con...

— Ce serait quand même une coïncidence extraordinaire qu'un fou l'ait étranglée, remarqua Malko. Où est ce Prince?

— Ici, au *Saint-Georges*. Il occupe la moitié du sixième étage.

Malko lui tendit le rapport.

— Eh bien, nous allons au *Saint-Georges*.

Jerry Cooper perdit d'un coup sa placidité.

— Attention, pas de blagues. Si ce type se plaint, vous risquez d'être expulsé.

Malko s'arracha au confortable canapé de coin. Il bouillait de rage qu'on ait osé supprimer Mireille sous son nez. Ce pouvait être n'importe qui... Un invité, ivre de haschich avait découvert le corps. Au moins une heure après sa mort. Alors que les trois quarts des invités étaient déjà partis. La plupart de ceux qui étaient encore là s'étaient éclipsés pendant que Khalil Jezzine téléphonait à la police. Seul, Harold complètement dépassé, était resté. Il était d'ailleurs hors de cause, car Malko avait vu Mireille vivante s'éloigner du coin où Harold et lui se trouvaient...

La police avait mollement interrogé les derniers invités, visiblement désireuse d'étouffer l'affaire.

Pourquoi avait-on tué Mireille? *après* qu'elle ait vu Malko? Il n'avait pas encore réussi à répondre à cette question.

Peut-être le Prince Mahmoud pourrait-il l'aider.

CHAPITRE IX

— Le Prince Mahmoud ne reçoit que sur rendez-vous...

Le majordome séoudien au nez crochu toisa les trois étrangers avec une nette hostilité. D'ailleurs, il avait à peine entrebâillé la porte de la suite du sixième étage qui occupait la moitié du *Saint-Georges*. Chris Jones et Milton Brabeck n'avaient vraiment pas l'air de quêteurs de la Croix-Rouge. Quant à Malko, son élégance féline n'en était pas moins inquiétante.

— Comment puis-je avoir un rendez-vous? demanda-t-il poliment.

— Ecrivez, fit sèchement le Saoudien. Si Son Excellence estime que le motif de votre visite est importante, Elle vous convoquera. Dans une semaine ou deux...

Les yeux dorés de Malko foncèrent dangereusement. Le Prince Mahmoud risquait de savoir qui avait tué Mireille. Il soupira hypocritement avec un regard en coin pour Chris Jones.

— Mon Dieu, que cela est donc fâcheux...

Le Séoudien n'eut même pas le temps de crier.

Chris Jones lui avait déjà pratiquement enfilé le
canon de son énorme Smith et Wesson « Magnum »
dans la narine gauche. Aimablement, le gorille su-
surra :

— Et toi, connard, tu estimes que tu as encore
envie de vivre longtemps?

La vue de l'arme transforma le majordome. Il
ouvrit la porte toute grande et murmura d'une voix
presque inaudible :

— Vous venez de la part de l'Emir! Il est là.
Avec une fille. Je vais vous ouvrir la porte.

Malko retint une sérieuse envie de rire. On les
prenait pour des tueurs à gage à la solde d'un rival
de Mahmoud.

— Je pense qu'il faudrait mieux prévenir Son
Excellence que nous souhaitons vivement nous entretenir avec Elle, dit-il plein de diplomatie. Nous
nous sommes d'ailleurs rencontrés hier soir.

Voyant que sa profession de foi n'avait pas décidé Malko, le majordome insista :

— Ecoutez, si vous venez de la part de l'Emir,
faites ce que vous voulez, mais ne me tuez pas.

Il se pencha, prit la main de Malko et la baisa!

On était en pleine révolution de palais. Malko
n'eut pas le temps de s'expliquer. Le Séoudien
recula, et les trois hommes entrèrent dans la suite,
après avoir refermé la porte. Méfiants, Chris et Milton inspectèrent les lieux. Des vêtements d'homme
traînaient partout, ainsi que des bouteilles d'alcool. On pouvait être musulman, on n'en était pas
moins homme...

— Je vais appeler Son Excellence, bredouilla le
Séoudien.

— Ne crie pas trop fort, avertit Chris.

L'autre ouvrit la porte et glapit une courte phrase en arabe. D'une voix plutôt chevrotante. Son menton tremblotait comme un morceau de géla- tine.

Malko vit s'encadrer dans le battant l'homme aux traits réguliers et un peu mous qu'il avait vu la veille chez Mouna, drapé dans une robe de chambre pourpre. Devant le revolver de Chris Jones, il eut un geste de recul et vira au gris souris. Il ne sembla pas reconnaître Malko.

— Que voulez-vous? demanda-t-il.

Malko pouvait presque entendre les battements de son cœur. Le Prince enfonça brusquement ses mains dans ses poches pour qu'on ne les voie pas trembler. Il s'attendait visiblement à être abattu sur le champ. La terreur le paralysait. Malko eut pitié de lui.

— Nous ne sommes pas venus vous tuer, dit-il. Je ne travaille pas pour l'Emir.

— Qui êtes-vous? balbutia le Prince, complète- ment dépassé.

— J'enquête sur la mort d'une jeune femme avec qui vous étiez hier soir chez Mouna où je me .trou- vais également, dit Malko.

Le Prince fronça les sourcils, un peu rassuré.

— Vous appartenez à la police?

Malko secoua la tête.

— Non.

L'autre, du coup, reprit de l'assurance. Son visage mou s'imprégna d'une certaine énergie, et il dit d'une voix plus assurée.

— Dans ce cas, je vous prierai de sortir immédia- tement. J'ai été questionné sur cette affaire et mis absolument hors de cause. C'est ridicule. Dois-je

vous rappeler que le chef de la police de cette ville
est un excellent ami? Je n'ai qu'à décrocher ce téléphone pour vous faire arrêter.

Soulagé, il avait retrouvé toute son arrogance.
Cela déplut à Chris Jones. Son Smith et Wesson
pivota brutalement vers le Prince.

— Et moi, si j'appuie sur cette détente, dit-il, je
vous fais sauter la tête. Alors, on continue les paris
stupides?

Blême, le Séoudien ne répondit pas. Malko jugea
qu'il était urgent de détendre à nouveau l'atmosphère.

— Prince, dit-il, je ne vous soupçonne pas d'avoir
tué cette jeune femme. Mais vous savez peut-être
qui a commis le meurtre. Vous êtes la dernier personne à l'avoir vue vivante. Je n'enquête pas officiellement, mais je ne suis pas un bandit. Khalil
Jezzine pourrait vous le confirmer... Je voudrais
seulement que vous répondiez à certaines de mes
questions. Mireille était mêlée à une affaire très
grave que je tente d'élucider. Ces deux hommes
travaillent pour le *Narcotic Bureau* américain.

Le Smith et Wesson fascinait Mahmoud. Autant
que les yeux froids des deux Américains. Il avait
entendu parler du *Narcotic Bureau* et savait que,
parfois, ses agents n'hésitaient pas à liquider des
trafiquants trop bien protégés.

Les deux « gorilles » lui faisaient peur. Il sentait
des hommes dressés à tuer d'abord et à parler
ensuite.

— Que voulez-vous savoir? demanda-t-il d'une
voix blanche.

— Je vous ai vu partir avec Mireille vers le haut
de l'appartement. Ensuite vous êtes revenu seul et

on a découvert Mireille déshabillée et morte. Vous
avez fait l'amour ensemble?

Mahmoud rougit, passa la main dans ses beaux
cheveux noirs et reconnut :

— Oui.

— Quand vous l'avez laissée, elle était encore
vivante?

Cette fois la réponse vint beaucoup plus vite :

— Absolument.

Malko le regarda dans les yeux et dit froidement :

— Prince, vous mentez. Car Mireille est morte
quelques instant après avoir eu des rapports sexuels.
L'autopsie est formelle.

Mahmoud le fixa avec terreur. Il ouvrit la bouche, la referma, jeta un coup d'œil désespéré au
majordome. Chris et Milton le fixaient avec un
dégoût non dissimulé.

— Je ne l'ai pas tuée, dit-il, je le jure sur Allah.

Le silence se prolongea. Malko cherchait à savoir
ce que cachait la gêne de l'Arabe. Il ne le croyait
pas capable d'étrangler une femme. Et pourtant il
ne semblait pas tranquille. Soudain, il eut une
idée.

Ses yeux dorés se vrillèrent dans ceux du Prince
Mahmoud :

— Combien étiez-vous lorsque vous avez fait
l'amour à cette jeune femme? interrogea-t-il doucement.

Mahmoud marqua le coup. Machinalement, il se
frotta les mains l'une contre l'autre.

— Je ne comprends pas... Elle et moi.

— Il n'y avait pas un autre homme?

— Non!

Cette fois, c'était parti sans ambages. A l'intonation, Malko comprit qu'il faisait fausse route. Et pensa à autre chose.

— Et une autre femme?

Mahmoud se troubla, regarda les gorilles, rougit jusqu'aux oreilles et ne répondit pas. Une froide excitation envahit Malko. Il était sur une piste.

— Prince, dit-il, je voudrais vous parler seul.

Malko le suivit dans la chambre et repoussa la porte, laissant le majordome en tête-à-tête avec Chris et Milton. Dans l'énorme lit aux draps roses, il y avait une splendide créature, aux longs cheveux noirs, nue comme un ver, en train de prendre son petit déjeuner. Mahmoud lui jeta une phrase en arabe et elle sauta du lit pour courir s'enfermer dans la salle de bains. C'était beau, la soumission féminine... Elle avait une croupe à rendre jalouse une déesse callipyge.

Malko s'assit sur le lit :

— Alors?

Mahmoud semblait de plus en plus embarrassé. Finalement, il laissa tomber :

— Je vous assure que ce n'était pas de ma faute, mais, c'est vrai, je n'étais pas seul, il y avait une femme...

Malko dissimula sa satisfaction :

— Pourquoi ne vouliez-vous pas le dire?

L'Arabe haussa les épaules :

— Dans ce pays, cela ne se fait pas. C'est humiliant pour un homme...

— Que s'est-il passé?

Avec beaucoup d'hésitation, Mahmoud commença à raconter son expérience sexuelle avec Mireille. Malko buvait ses paroles. Puis son excitation tomba peu à peu : Mahmoud était incapable de lui don-

ner la moindre information sur la personnalité de
la femme qui avait presque sûrement tué Mireille.
Il y avait au moins une douzaine de suspectes pos-
sibles à la party de Mouna.

— Quand je suis parti, conclut Mahmoud, elles
étaient étendues dans les bras l'une de l'autre.

C'était dur à avaler.

— C'est tout. Vous n'avez rien oublié?

L'Arabe fronça les sourcils, puis dit tout à coup.

— A un seul moment, je l'ai vue, mais elle était
de dos. J'avais voulu allumer une cigarette. Elle
a éteint tout de suite mon briquet. Je comprends
pourquoi maintenant. Mais j'ai eu le temps de
remarquer un détail : elle avait les ongles peints
de couleur très sombre : noir ou vert...

— Vert!

Malko n'avait pu s'empêcher de sursauter. Cela
semblait impossible que Katia, la « masseuse » soit
mêlée à cette histoire.

— Oui, je crois qu'ils étaient verts, fit Mahmoud,
maintenant que j'y repense.

Le seul à pouvoir aider Malko semblait être
Harold. S'il y avait un lien entre Mireille et Katia
il le connaîtrait peut-être.

Mais au moins, il y avait une piste. Maintenant,
il fallait relier cette fille au KGB. Et expliquer pourquoi Mouna voulait tuer Khalil Jezzine, son mari.

— Je vous remercie, dit Malko au Prince, vous
venez de m'aider considérablement. Rassurez-vous,
vous n'entendrez plus parler de cette affaire. Mais
si j'étais vous, je quitterais Beyrouth pour quelque
temps. Car, si cette femme apprenait que vous avez
aidé à son identification, elle n'hésiterait pas à
vous supprimer...

Devant lui, le Prince Mahmoud se décomposa.
Mais Malko avait gardé le meilleur pour la fin. Au
moment de prendre congé, alors que les « gorilles »
étaient déjà dans l'ascenseur, il prit le Prince à
part :

— Si j'étais vous, je ne garderais pas votre majordome. Il est aux ordres de l'Emir. Un jour, il
ouvrira la porte à de vrais tueurs...

— Mais comment...

Mahmoud était effondré. Malko crut qu'il allait
se mettre à pleurer. Un doigt sur les lèvres, il entra
dans l'ascenseur et referma. Cela apprendrait à ce
Sarrasin à se faire appeler Prince. De quoi faire
se retourner dans leur tombe les Chevaliers de
Malte de la Troisième Croisade.

CHAPITRE X

Houry montra une petite terrasse au sixième étage. C'était un immeuble ancien avec d'étranges terrasses en encorbellement à chaque étage, encadrées de colonnes majestueuses. La rue étroite et en pente se jetait plus bas dans la rue Clemenceau. On était en plein centre de Beyrouth, entre Hamrah et le *Phœnicia*.

— C'est là. Il n'y a qu'une porte.

Chris Jones avait déjà la main sur la poignée de la porte. Houry fixa Malko, inquiète. Il lui avait téléphoné pour qu'elle le mène à l'appartement de Katia.

Malko prit sa main et la baisa.

— Sauvez-vous. Montrez Beyrouth à Chris et à Milton. Je préfère être seul. Elle ne m'attend pas et je ne risque pas grand-chose...

Les deux « gorilles » n'étaient pas chauds mais durent s'incliner. Houry lui cria, au moment où la voiture démarrait :

— On vous attend au bar du *Saint-Georges*.

Elle semblait plus amoureuse que jamais de Malko.

Celui-ci attendit que la Fiat de location ait tourné le coin de la rue pour entrer dans l'immeuble.

Il vit la plaque sur la boîte aux lettres : Katia Oum-
rane, esthéticienne. Il ignorait comment il allait
attaquer, mais voulait cueillir la lesbienne meurtrière à froid.

Elle ne s'attendait sûrement pas à sa visite. Si
ses ongles étaient toujours peints en vert, cela faci-
literait les choses. Par elle, il pourrait peut-être
remonter au tueur, à l'homme du KGB qui menaçait la vie de Khalil Jezzine et le marché avec les
Chinois. Il semblait que la centrale soviétique
ait lancé toutes ses forces dans la bataille. C'était
rageant de ne pas pouvoir intervenir directement
contre le lieutenant-colonel Davoudian, celui qui
tirait les ficelles.

Mais c'était la règle du jeu. Beyrouth était un
« pique-nique » aussi bien pour le KGB que pour
la CIA.

L'ascenseur le déposa au sixième. Il sonna. En
pensant à la réaction de Khalil Jezzine, quand il
saurait que Mouna était impliquée dans les meurtres. Ne serait-ce que par sa petite amie.

La porte s'ouvrit sur une petite Arabe noiraude
qui sembla extrêmement surprise en voyant Malko.

— Je voudrais voir Madame Katia.

La servante hésita puis le fit entrer sans un mot
et le conduisit à un salon meublé de canapés bas.
Cela ne ressemblait pas à un institut de beauté et
on n'entendait aucun bruit. Katia surgit, visiblement furieuse.

Elle avait troqué ses bottes et son short pour une
blouse blanche aux manches retroussées, mais portait toujours ses grosses lunettes. Elle dévisagea
Malko comme si c'était une araignée vénimeuse.

— Qu'est-ce que vous voulez?

Le ton etait nettement hostile.

— Mouna m'a confié que vous étiez une masseuse merveilleuse, dit Malko de sa voix la plus
engageante.

— Je ne masse pas les hommes, coupa sèchement Katia. Et de toute façon, je ne reçois que
sur rendez-vous. J'ai quelqu'un en ce moment.

Malko soupira hypocritement, les yeux fixés
sur les ongles de la jeune femme. Ils étaient toujours
verts.

— Même si vous ne me massez pas, j'aimerais
bavarder avec vous, fit-il fermement.

Katia ne se dérida pas.

— De quoi?

Malko ouvrait la bouche pour lui parler de
Mireille quand le téléphone sonna dans l'appartement. La petite servante surgit et dit quelques mots
en arabe à Katia. Malko saisit au passage le nom
de Mouna.

— Excusez-moi, fit la masseuse.

Elle disparut, en refermant la porte derrière elle:
Malko se maudissait. Il aurait dû attendre, surveiller Katia, essayer de lui tendre un piège. Maintenant, elle allait être sur ses gardes et il n'en tirerait
rien.

Katia réapparut. Métamorphosée. La jeune femme
souriait, le dernier bouton de sa blouse blanche
était déboutonné, dévoilant sa longue cuisse. Elle
semblait pratiquement nue sous son léger vêtement.

— Excusez-moi, dit-elle, je n'ai pas été très aima-
ble tout à l'heure, mais je suis toujours nerveuse
quand on me dérange dans mon travail. Du moment
que vous êtes un ami de Mouna et de Khalil votre
maison est la mienne. Voulez-vous attendre quel-

ques minutes que je termine ma cliente et je vous recevrai.

Malko se confondit en excuses. Perplexe. Pourquoi ce brusque changement? Qu'avait dit Mouna? Quels étaient les liens entre les deux femmes en dehors de leur complicité sexuelle?

La servante réapparut, avec un plateau de cuivre et l'éternel café à la cardamome.

.·.

La porte de la salle à manger s'ouvrit. Malko eut un choc : la femme qui en sortit devant Katia était la Séoudienne au visage ingrat qui buvait du Pippermint chez Mouna. Encore une lesbienne! Katia surgit, froufroutante.

— C'est à vous! fit-elle gaiement.

Elle le précéda dans la « salle de massages ».

— Voilà mon institut de beauté, dit-elle en riant. vous voyez, ce n'est pas grand.

La petite pièce en longueur était coquettement meublée et donnait sur une terrasse. Partout, il y avait des étagères encombrées de produits de beauté. Un grand fauteuil de relaxation occupait le milieu de la pièce, avec différents appareils médicaux, dont un énorme vaporisateur d'ozone. Un électrophone diffusait une musique douce. Les rideaux étaient tirés et l'ambiance confortable et intime.

Katia désigna le fauteuil à Malko.

— Allongez-vous là, mais déshabillez-vous d'abord. Je vous laisse. Voici votre kimono.

Elle s'esquiva sans lui laisser le temps de répondre. Malko se déshabilla lentement, dissimulant son

pistolet extra-plat sous un coussin. A tout hasard.
Quand il fut en slip, il enfila le kimono et s'allongea sur le fauteuil. Quel étrange institut de beauté...
Quels « soins » Katia avait-elle pu donner à la
Séoudienne qui semblait peu soucieuse de sa beauté?

La jeune femme réapparut. Plus souriante que
jamais. Attirant un tabouret à elle, elle s'assit près
de Malko. Une des griffes d'or qu'elle portait en
bague avait tourné et la pointe acérée était à l'intérieur de la paume. Avec un petit rire, Katia le
fit tourner autour de son doigt, en regardant Malko.

— Je risquerais de vous faire mal, dit-elle.

Doucement, elle écarta le kimono et ses doigts
coururent sur sa poitrine.

— Quel bijou étrange.

— C'est une copie. Il paraît que l'Impératrice
de Chine Ts'eu-Hi portait des griffes semblables
et s'amusait à griffer les eunuques de la Cour...

» Vous êtes tendu, remarqua-t-elle.

On l'aurait été à moins. Malko suivait des yeux
les doigts aux longs ongles verts qui avaient étranglé
la malheureuse Mireille. Katia semblait avoir une
force extraordinaire dans les mains et les bras.
Hasard ou fait exprès, sa blouse était maintenant
entrouverte presque jusqu'à la taille et il entrevoyait
le profil d'un petit sein parfait. Elle croisa son
regard et parut ne pas s'en apercevoir.

— Vous allez vous allonger sur le ventre, annonça-t-elle d'un ton égal. Je dois masser les centres
nerveux de votre nuque pour vous relaxer. Je pratique la méthode russe que j'ai apprise à Bucarest,
et en Bulgarie. C'est très efficace.

Tout en parlant, elle avait commencé à le masser, avec une force et une douceur extraordinaires.

Pendant quelques instants, Malko oublia pourquoi il était là. Où ce massage allait-il le mener?

— Il vaudrait mieux ôter votre kimono, suggéra
Katia. Il me gêne pour atteindre les centres nerveux de votre colonne vertébrale.

Elle aida Malko à se défaire du vêtement, toujours impassible et recommença à le masser, penchée sur lui. Il sentait la pointe de ses seins effleurer son dos et la chaleur de sa hanche contre lui.
Tout à coup, elle soupira :

— Il fait chaud. Vous ne serez pas offusqué si
je me mets comme avec mes clientes?

Rapidement, elle défit les boutons de sa blouse,
ne conservant qu'un slip noir et opaque. Malko se
raidit. C'était trop beau. Ou Katia n'était qu'une vul-
gaire call-girl, ou il allait se passer quelque chose.

— Retournez-vous, ordonna-t-elle.

Elle allongea le bras et augmenta la puissance
de la musique. Malko se sentit ridicule et désarmé.
Lui, un des plus beaux fleurons de la CIA, avait
peur d'une femme pratiquement nue et sans arme.
Il vieillissait...

Le fauteuil de relaxation était merveilleusement
confortable. Il se sentait bien. Katia le frôlait sans
cesse tandis que ses mains couraient sur ses épaules
et sa nuque. Etant donné le peu de vêtements
qu'ils portaient l'un et l'autre, c'est comme s'ils
avaient été nus.

— Retournez-vous, ordonna-t-elle d'une voix neutre.

Malko obéit à contrecœur. Ennuyé d'avoir à
exposer l'effet physique provoqué par le contact
de la jeune masseuse.

— Vous avez envie de moi, dit-elle d'un ton doc-

trinal. Ce n'est pas bien. Cela empêche de profiter
pleinement du massage.

Sa voix était aussi anonyme que celle d'un enre-
gistrement. C'était une simple constatation, sans
plaisir. et sans irritation. Malko n'eut pas le temps
de répliquer. Une main ferme écarta son slip et
commença à le caresser très rapidement avec une
brusquerie inattendue. Il ouvrit les yeux et il rencontra le regard froid et moqueur de Katia derrière les lunettes.

— Il faut vous détendre.

Malko arriva à se détendre très vite sans que Katia
ne bouge un cil... La jeune femme nettoya rapidement les traces de ses débordements avec le soin
d'une geisha, constrastant avec sa brusquerie précédente.

Il ne savait plus que penser, avec l'impression d'être tombé sur une call-girl d'un genre
un peu spécial.

Katia prit un vaporisateur métallique relié à
une boutcille chromée et le braqua sur le visage de
Malko. Instinctivement, il eut un geste de recul.
Elle sourit.

— N'ayez pas peur. Ce n'est que de l'ozone pour
vous nettoyer les pores de la peau. Fermez les yeux.

Où voulait-elle en venir? Une nouvelle fois, il
se laissa faire. La pulvérisation fraîche le remplit
de bien-être.

— Retournez-vous.

Cette fois, il obéit sans arrière-pensée. Katia commença à lui masser énergiquement le dos, descendant de plus en plus bas.

— Vous avez des cicatrices étonnantes, remarqua-
t-elle. Qu'est-ce que c'est?

Les aventures de Hong-Kong et de Bangkok [1], avaient laissé des traces.

— Oh, ce sont de vieux accidents, dit Malko.

Katia s'interrompit une seconde :

— Attendez, je vais chercher de la crème.

Dès qu'elle eut disparu, Malko s'assura que son pistolet était toujours à la même place...

Katia revint dans la pièce. Malko reposait sur le ventre, les yeux fermés. Il sentit ses mains lui caresser les reins.

Soudain, il eut l'impression qu'elle avait versé un liquide glacé sur sa fesse gauche. Il pensa à la crème. Il voulut se soulever et aperçut une longue aiguille enfoncée dans sa chair et en même temps une odeur de chou pourri frappa ses narines. Katia tenait une grosse seringue remplie d'un liquide incolore. Il n'eut pas le temps d'en voir plus. Avec une brutalité inouïe, elle le frappa à la nuque, enfonçant son visage dans l'oreiller. En même temps une douleur lancinante monta de ses reins. Il voulut bouger mais réalisa que le bas de son corps ne réagissait plus. Katia le frappa de nouveau à la nuque. Elle avait une force prodigieuse.

Etourdi, il sentit rapidement son corps échapper à son contrôle. Comprenant trop tard que tout ce qu'elle avait fait depuis qu'il était entré dans cette pièce avait tendu à déconnecter toutes ses défenses, il étendit le bras pour tenter de prendre son pistolet, mais il perdit brutalement connaissance.

.*.

[1] Voir *L'or de la Rivière Kwaï* et *Les trois veuves de Hong-Kong*.

Katia retira l'aiguille d'un geste rapide. Il y avait maintenant une grosse tache rouge là où elle avait injecté le liquide. Bien que nue, elle était en sueur.

Elle arrêta le disque, alla au téléphone et composa un numéro. Cela mit longtemps à répondre. Dès qu'elle eut son correspondant, elle dit seulement :

— Il faut venir tout de suite chez moi avec la Mustang.

Elle raccrocha et entreprit de rhabiller Malko avec l'indifférence d'un garçon de laboratoire. Pour elle, il était déjà mort. Quelle stupidité d'être venu ainsi se jeter dans la gueule du loup.

.·.

Harry Erivan souleva Malko, aidé par Katia. Il la connaissait de vue mais n'avait jamais relié la voix au téléphone qui lui transmettait parfois les ordres du KGB et la jolie lesbienne. Celle-ci lui faisait peur. Vêtue d'un tee-shirt à fermeture éclair et d'un pantalon, les cheveux tirés, elle n'avait rien d'appétissant.

— Qu'est-ce qu'on va en faire?

Katia eut un mauvais sourire.

— Vous connaissez le building en construction, juste avant d'arriver au *Phœnicia*? A cette heure-ci, il n'y a plus d'ouvriers. Nous allons le monter jusqu'au dixième étage et le jeter à l'extérieur. Ensuite, nous sortirons par la rue Georges Picot. Personne ne pourra prouver qu'il a été assassiné...

— Et comment va-t-on le transporter?

L'Arménien trouvait cela bien compliqué. C'eût

été tellement plus simple d'emmener Malko dans
les collines et de l'y égorger tranquillement. Parfois, les Russes avaient d'étranges scrupules.

— Pourquoi toutes ces complications? bougon-
na-t-il.

Katia haussa les épaules, agacée.

— Vous savez bien que le colonel Davoudian ne
veut pas d'histoires avec les Libanais.

Harry n'insista pas : on ne discutait pas les
ordres du lieutenant-colonel du KGB.

— Entrez votre Mustang dans ma cour, dit Katia,
nous allons le descendre par l'escalier de service.

La nuit était tombée, et ils ne risquaient guère
d'être surpris. Passant chacun un bras de Malko autour de leurs épaules, ils le traînèrent vers la porte.

∴

Dégoulinant de sueur, Harry Erivan s'appuya
au mur. Katia avait beau avoir de la force, c'était
quand même lui qui avait supporté le plus gros
de l'effort pour monter Malko dans la cage d'escalier du *Holiday Inn* en construction. Il regarda le
corps inanimé étendu à ses pieds.

Personne ne les avait interceptés. La Mustang
était garée dans la rue Georges Picot. Katia n'avait
cessé de houspiller l'Arménien. A voix basse, elle
ordonna :

— Allez, dépêchons-nous.

Harry contemplait les lumières de Beyrouth.
Trente mètres plus bas, de rares voitures descendaient vers la mer. Il pleuvait et un vent violent
soufflait du sud. L'énorme carcasse de ciment du
bâtiment inachevé était sombre et sinistre.

Il se pencha et traîna le corps inanimé jusqu'au
balcon sans garde-fou. Malko gémit. Soudain le
hurlement d'une sirène grandit et s'amplifia pour
venir mourir juste en bas du building. Harry jura
entre ses dents. Les jambes pendaient déjà dans le
vide. Il se pencha à l'extérieur. Une voiture de
police était arrêtée juste en dessous d'eux, à la
porte du chantier. Plusieurs policiers en sortirent
et coururent vers l'entrée principale. Harry n'avait
pas la moindre envie d'affronter la redoutable
Brigade 16...

— Il faut filer, par derrière dit-il à Katia.

Il s'accroupit, les deux mains crochées dans les vêtements de Malko. D'une seule poussée, il pouvait
le précipiter dans le vide. Soudain, Katia sursauta :

— Ecoute!

Harry prêta l'oreille. Des pas faisaient crisser
le ciment à l'étage en dessous. Instinctivement,
l'Arménien lâcha Malko et tira un colt Cobra
de la poche de son imperméable. Katia lui frappa
brutalement sur le poignet :

— Tu es fou! Avec la Brigade 16 en bas...

Penaud, il rentra son arme. Au premier coup de
feu, les policiers allaient cerner l'immeuble. Les
pas se rapprochaient, atteignaient l'étage. Affolé,
Harry chercha le visage de Katia dans l'ombre. Elle
était plus élevée que lui dans l'organisation, c'était
à elle de prendre les responsabilités.

La lueur d'une lampe électrique apparut, ba-
layant les murs de ciment nu. Katia plongea dans
la pièce voisine et Harry fit de même, lâchant Malko.
Presque au même moment, le faisceau lumineux se
posa sur le corps inanimé de l'homme qu'ils se
préparaient à achever.

CHAPITRE XI

Malko ouvrit les yeux. En contre-jour sur le ciel étoilé, une silhouette sombre était penchée sur lui. Une horrible nausée lui souleva l'estomac et il vomit. En se tournant sur le côté, il éprouva une douleur lancinante dans le bas du dos, comme si on l'avait brûlé avec un fer rouge. Il gémit.

— J'ai mal.

Quelqu'un le souleva par les épaules. Il ignorait totalement où il se trouvait, et tremblait de froid. Il réalisa soudain que ses jambes étaient dans le vide.

L'homme qui était penché sur lui le tira en arrière, et il cria de douleur. Une voix dit en anglais :

— Attention, ils sont peut-être encore là.

Qui ça « ils »? Malko vomit de nouveau et gémit. L'inconnu alluma une torche électrique dont le faisceau balaya une pièce en ciment nue. Vide.

— Vous pouvez vous lever?

Malko fit non de la tête. Sa jambe gauche était complètement morte. D'un coup, tout lui revint. Que faisait-il dans cet immeuble en construction? Qui était cet inconnu?

— Qui êtes-vous? souffla-t-il. Il faut appeler
la police, vite.

Le faisceau pivota, éclairant le visage de l'homme
qui l'avait sauvé : Elie, la barbouze libanaise!
Dans la main droite, il tenait un gros automatique
noir et dans la gauche sa torche.

— Ce n'est pas la peine, fit Elie, si vous pouvez descendre en vous appuyant sur moi.

Ses cheveux en désordre, il était rassurant, placide
et massif.

Malko fit un effort désespéré et parvint à se
mettre sur son séant. Aussitôt, Elie le souleva
sous les aisselles et passa un de ses bras autour de
son cou. Malko cria encore. Sa fesse gauche était
dure et humide à la fois, horriblement douloureuse.

— Qu'est-ce qu'ils vous ont fait? demanda Elie.
Ils vous ont torturé?

Malko était trop fatigué pour répondre. Il grogna une réponse inintelligible. Cahin-caha, les deux
hommes gagnèrent la cage d'escalier et commencèrent à descendre. Chaque marche était un sup-
plice pour Malko. Heureusement qu'Elie était fort
comme un Turc.

— Je n'ose pas vous laisser murmura Elie.
Ils sont peut-être encore là.

*
* *

Malko aperçut le visage de Chris Jones tout
flou. Il était étendu sur un sofa dans un appartement moderne et cossu. En face de lui, un
Carzou tout en rouge était accroché au mur. Derrière
Chris, apparut la lourde silhouette de Jerry Coo-

per puis Houry, en train de fumer nerveusement.
L'Américain se pencha sur Malko. A ce moment,
ce dernier réalisa qu'on lui avait retiré son pantalon et que tout le bas de son corps était recouvert d'une serviette.

— Ne vous énervez pas. Demain vous vous sen-
tirez mieux. Mais vous allez avoir besoin d'une
canne pendant quelques jours. Ici, vous êtes chez
moi. Elie m'a téléphoné. J'ai pensé que c'était plus
discret que le *Phœnicia*.

Malko commençait à reprendre ses esprits. Il reconnut Elie assis sur une chaise, toujours engoncé
dans son imperméable. Il lui fit signe d'approcher.

— Qu'est-ce que vous faisiez dans ce bâtiment
en construction? Vous m'avez sauvé la vie...

Le Libanais sourit, placide et réservé.

— C'est le colonel Suleiman qu'il faut remer-
cier... Depuis l'explosion du *Phœnicia*, il m'a
demandé de veiller sur vous « discrètement ».
Quand j'ai vu qu'ils vous emmenaient dans ce
bâtiment en construction, j'ai appelé la Brigade 16.
En leur signalant que des Fedayins s'étaient cachés
dans l'immeuble... Mais ceux qui vous avaient
amené ont eu le temps de fuir.

— Vous les avez identifiés?

— La femme, vous savez qui c'est... L'homme,
je ne le connais pas.

Malko n'insista pas. On ne discute pas avec
quelqu'un qui vient de vous sauver la vie. Il
était certain qu'Elie mentait, qu'il avait identi-
fié le tueur du KGB. Mais les Libanais tenaient
à rester en dehors de cette histoire. En dénon-
çant à la CIA le tueur, ils prenaient ouverte-
ment position.

C'était déjà bien beau qu'Elie soit intervenu...
Sans cela, sa carrière se serait terminée à Beyrouth.

— Mercie, Elie, dit-il.

Le lieutenant Nabatie sourit, gêné. Sous son air
perpétuellement endormi, il cachait une vivacité
d'esprit étonnante.

— Vous avez beaucoup de chance. Nous igno-
rions que Katia travaillait pour le KGB. Quand
vous êtes allé chez elle, j'ai levé ma surveillance.
Mais j'avais rendez-vous avec une fille du *Crazy
Horse* qui habite juste en face.

» Elle était en retard. Comme elle est très belle,
j'ai attendu une heure. Sinon, je n'aurais jamais
été là.

Jamais Malko ne bénit autant l'inconstance féminine...

— Que savez-vous de cette Katia?

Elie fit la moue.

— C'est une lesbienne notoire. Bien qu'elle fasse
quelques exceptions. Elle a beaucoup de succès
dans la bonne société. Il y a une princesse séoudienne qui est folle d'elle et vient la voir de Ryad
tous les mois. Mais je ne savais pas qu'elle était
mêlée à autre chose.

La piqûre commençait à faire de l'effet, et
Malko se sentait partir. Sa fesse lui faisait un
peu moins mal. Il fit signe à Jerry Cooper d'approcher.

— Dites à Khalil Jezzine de quitter Beyrouth pour
quelques jours, le temps que je retrouve cette
Katia. Partez avec lui, Milton restera pour veiller
sur moi.

Chris approuva, et Malko sombra brusquement
dans l'inconscience. Il eut le temps de penser que

l'attitude de Katia avait changé juste après le
coup de fil de Mouna.

.*.

Le lieutenant-colonel Youri Davoudian ne dissi-
mulait pas sa rage. Katia l'avait rejoint dans le
salon de l'hôtel *Continental*, sur la corniche de
Raouché. Fief des Irakiens, le *Continental* était
un endroit relativement sûr pour l'homme du KGB
où, en tout cas, il ne risquait pas d'être dérangé par
les barbouzes du colonel Suleiman.

— Vous avez commis une faute grave, fit sévèrement le Russe. Non seulement notre adversaire n'est
pas hors de combat, mais il vous a identifiée et
vous allez être obligée de disparaître. Nous perdons
notre plus précieuse source de renseignements.

Katia jouait avec ses grosses lunettes, le visage
fermé. Elle ne travaillait pas pour les Russes par
intérêt, mais par conviction. C'est à l'Université
de Moscou qu'elle avait fait ses études de médecine.
Depuis qu'elle était à Beyrouth, elle avait mis ses
déviations sexuelles au service du KGB, créant un
réseau d'informations extrêmement efficace.

— J'ai obéi à vos ordres, dit-elle. Je voulais que
cela puisse avoir l'air d'un accident. Sinon, il m'était
facile de le tuer chez moi.

— Je sais, je sais, grommela Youri Davoudian. Mais
il faut que vous disparaissiez maintenant. Où allez
vous aller?

Katia sourit méchamment.

— Chez la Princesse Alia. Elle m'adore. Les
Libanais n'oseront rien faire. Même à cause de
Mireille. Elle est de la famille royale séou-

dienne et possède un passeport diplomatique. Ainsi,
je pourrai rester en contact avec Mouna.

L'homme du KGB fumait sans arrêt. Depuis
plusieurs jours, la tension nerveuse lui coupait
l'appétit. Et les instructions de la Centrale de
Moscou étaient de plus en plus exigeantes. Il ne
fallait pas que les Chinois signent. Alors que son
réseau était en pleine crise...

— Il faut liquider l'homme des Américains, dit-il,
il connaît trop de choses maintenant. Et en même
temps Harry.

— Harry?

Katia sursauta. Elle avait beau être accoutumée
à la dureté des services spéciaux, elle ne voyait
pas la nécessité de se débarrasser d'un homme aussi
fidèle que le photographe arménien.

— L'Américain ne l'a pas vu.

— Non, mais les Libanais l'ont sûrement reconnu.
L'idéal serait que Harry liquide l'Américain et disparaisse ensuite. Car, par lui, on peut remonter
jusqu'à moi.

— Par moi aussi, remarqua froidement Katia.

Il y eut un silence lourd. Puis Youri Davoudian
s'extirpa un sourire presque naturel.

— Vous, ce n'est pas la même chose. Vous êtes
des nôtres. Harry n'agit que parce que nous avons
barre sur lui. Arrêté, il risque de parler. J'ai un plan
que vous allez réaliser. Il se méfiera moins.

— Mais qui va s'occuper de Khalil Jezzine?

— Ne vous tracassez pas, fit Davoudian.
Khalil Jezzine ne signera pas avec les Chinois.

Katia n'insista pas. L'impératif numéro un du
KGB c'était le cloisonnement. Elle commençait déjà
à se demander comment on allait pouvoir liqui-

der Harry et l'Américain en même temps. Le lieutenant-colonel Davoudian l'observait, perplexe. Il
n'avait jamais tout à fait compris comment des
hommes et des femmes mettaient leurs forces et
leurs faiblesses si totalement au service d'une cause
abstraite. Katia était déjà mentalement en train
de liquider Harry Erivan. La machine continuait
à tourner, malgré les accrocs...

Il posa sa main sur la cuisse de la jeune femme,
fraternellement, et dit en russe :

— Quand tout sera fini, tu pourras réapparaître,
petite colombe. Les Libanais ne t'ennuieront pas.

Katia haussa les épaules.

— Cela n'a aucune importance, camarade colonel. Je regrette de ne pas avoir réussi. Voilà où je
vais me trouver à partir de ce soir.

Ce qui l'ennuyait le plus, c'était d'avoir à subir
vingt-quatre heures sur vingt-quatre la passion de
la Princesse Alia, toujours en retard d'affection.

.

Harry Erivan regardait avec tristesse son assiette
de soupe de pieds de mouton. Pour la première fois
de sa vie, il n'en avait pas envie.

La porte du bistrot s'ouvrit brusquement et il
sursauta. Il s'attendait à chaque seconde à voir sur-
gir Elie ou même l'Américain. Depuis leur fuite
éperdue du building en construction, il ne vivait
plus. Ignorant d'où allait venir la riposte. Qui
avait prévenu la Brigade 16?

— Alors Harry, tu as peur de grossir? cria le
patron.

Harry lâcha une obscénité en arménien et attaqua sa soupe sans plaisir.

Il leva la tête sur la glace piquetée qui lui renvoya l'image de ses yeux : hagards, inquiets, absents.

*
* *

Khalil Jezzine arrêta la Rolls-Royce sur la place de Bar Youssef. Il faisait nettement plus frais qu'à Beyrouth et il ferma son pardessus avant de descendre. Chris Jones observait avec méfiance le petit village. Ce devait être plein de microbes...

Béchir était déjà dehors, sa Thomson à la main.

— Rentre ça, gronda Jezzine, tu vas les vexer.

Il se tourna vers Chris Jones.

— N'ayez pas de gestes inconsidérés. Ici les gens sont très susceptibles. Et de toute façon, je ne crains rien.

Il était temps. Chris Jones considérait tous ces visages mal rasés aux yeux brillants comme d'évidents suspects. Or, à ses yeux, un bon suspect était un suspect mort. Mais, à travers sa veste, il garda la main sur la crosse de son gros Smith et Wesson. Sans le sortir.

A Bar Youssef, quand on sortait une arme, c'était pour s'en servir, immédiatement. On l'appelait le village des veuves. Un an plus tôt, à la suite d'une série de règlements de comptes, la police libanaise avait emporté des tombereaux d'armes de tous calibres y compris un canon de 37 avec lequel un fanatique musulman s'apprêtait à détruire le clocher de l'église chrétienne. Mais Khalil Jezzine n'avait rien à craindre des tueurs du KGB à cet endroit.

Lui et ses deux frères étaient nés à Bar Youssef.
Ils y retournaient régulièrement et les habitants,
chrétiens et musulmans, les adoraient. De voir ces
hommes qui tenaient le haut du pavé de Beyrouth
venir embrasser de petites vieilles les attendris-
sait aux larmes.

Une femme courait déjà vers la voiture.
Elle embrassa d'abord l'aile rutilante de la Rolls-
Royce armoriée et prit la main de Jezzine et la
baisa.

— Que la bénédiction du Seigneur soit sur toi,
dit-elle. Je change les fleurs tous les matins comme
tu me l'as dit.

Elle éclata brusquement en sanglots.

— Maudits soient ceux qui ont tué tes frères. Je
ne pourrai plus jamais dormir avant qu'ils ne
soient châtiés.

— Moi non plus, je ne dors pas, dit Khalil som-
brement.

Peu à peu, une foule s'était rassemblée autour
de la Rolls. Des hommes et surtout des femmes en
noir, silencieuses et humbles. Chaque fois que
Khalil arrivait à Bar Youssef, sa première visite
était pour le cimetière. Un gigantesque caveau en
marbre rose était en construction et, en attendant, les deux cercueils bardés d'argent massif
étaient enterrés dans un coin à l'écart. En marchant
vers le cimetière, Khalil se détendait peu à peu.
Ici, c'était le seul endroit où il ne risquait rien. Les
tueurs du KGB se seraient fait lyncher avant
même d'avoir pu l'approcher. Il était l'enfant du
pays. Sur son ordre, tous les mâles du village pren-
draient les armes et viendraient le défendre à
Beyrouth.

Un prêtre sortit soudain de la petite église. Chauve, petit, le menton orné d'un bouc, il ressemblait à Landru. En voyant Khalil Jezzine, il hâta le pas vers lui.

— Que Dieu te bénisse, Khalil.

Il l'étreignit d'aussi près qu'il put. Bien que musulman, Khalil Jezzine finançait régulièrement les campagnes électorales du père jésuite. Ce dernier n'hésitait d'ailleurs pas à mettre la main à la pâte. Son habileté au colt était aussi renommée que la sévérité de ses confessions.

Dieu avait en lui un serviteur vigilant, qui n'hésitait jamais à porter le fer et le feu chez les mécréants.

— Aucune nouvelle des misérables qui ont tué tes frères? demanda-t-il.

Khalil Jezzine secoua tristement la tête.

— Aucune.

Le Jésuite leva les yeux au ciel.

— Si un jour tu les identifies, j'aimerais venger Samir et Adel de ma propre main... Que le Dieu Tout-puissant et miséricordieux ait leur âme.

CHAPITRE XII

Appuyé sur sa canne, les yeux dissimulés derrière ses lunettes noires, Malko attendait sur le palier. Il s'était levé contre l'avis du médecin, et ses reins le faisaient encore terriblement souffrir. La brûlure du nitrogène était loin d'être cicatrisée.

Milton Brabeck commençait à s'impatienter.

— On enfonce la porte? proposa-t-il.

Malko secoua la tête.

— Non. Elle va sûrement ouvrir.

Il savait que Mouna était chez elle. Khalil Jezzine venait de lui téléphoner, avant d'appeler Malko. Le gros homme l'avait supplié de bien veiller sur Mouna, qu'il imaginait menacée par les tueurs. A mille lieux de se douter de la vérité.

Enfin la porte s'ouvrit. La petite servante soudanaise, en reconnaissant Malko, sourit :

— Madame dort, dit-elle. On ne peut pas la déranger.

Il avait déjà pénétré dans l'appartement :

— Allez la réveiller et dites-lui que le Prince Malko désire lui parler de toute urgence. (Il se tourna vers Milton Brabeck.) Attendez-moi en bas.

Boudeur, le « gorille » ressortit. Le marbre de

Carrare semblait l'impressionner considérablement.
Malko traversa l'immense living et alla s'installer
dans le coin-canapé où il avait passé la soirée trois
jours plus tôt. Juste à la place de Mireille. L'appartement était silencieux et froid.

Il attendit dix minutes, avant d'entendre des
pas dans l'escalier de marbre. Mouna s'était décidée
à l'affronter.

.

Malko était fasciné par le saphir. La pierre devait
peser une cinquantaine de carats, avec une eau
extraordinaire. Taillée en rectangle, elle était grosse
comme une petite boîte d'allumettes.

Mouna n'arrêtait pas de jouer avec.

— C'est gentil d'être venu me voir, dit-elle d'une
voix mélodieuse et gaie, je m'ennuie quand Khalil
n'est pas là.

Très élégante, elle portait une jupe longue fendue sur le devant et un chemisier presque transparent. Ses yeux souriaient sans arrêt, et elle était
fardée comme une danseuse. Seule, la nervosité de
ses mains et une certaine crispation de sa bouche
révélaient sa tension.

Sans un geste déplacé, elle s'offrait. Malko savait
qu'il n'avait qu'à la prendre par la main, l'emmener dans sa chambre et qu'elle se montrerait la
plus habile des partenaires. Comme si elle avait
deviné sa pensée, Mouna laissa tomber d'un ton
très mondain.

— Saadi est sortie, nous sommes tout seuls, je vais
vous chercher à boire.

Elle voulut se lever mais Malko la retint par le

poignet. Elle retomba près de lui, et son visage
s'approcha du sien. Brusquement, elle l'embrassa,
lui griffant la nuque, écrasant ses dents contre
les siennes. Enfin, elle se détacha de lui et murmura :

— J'en avais envie depuis que je vous ai vu.

Malko éprouva en cette seconde une sincère admiration à son égard. Mouna était digne de cette
caste de *play-girls* du jetset qui opèrent de New
York à Saint-Moritz, faisant avaler des énormités à
des hommes intelligents et retors qui tombent
comme des mouches sous leur charme.

— Je ne suis pas venu pour flirter, fit fermement
Malko. J'ai des choses graves à vous dire; un meurtre a été commis chez vous l'autre soir.

Mouna fronça les sourcils :

— Oh, cette horrible histoire. Je n'y pensais plus.
Je ne devrais pas inviter n'importe qui. C'est de ma
faute. Je me demande par qui cette malheureuse
fille a été étranglée.

Malko la revit en train de danser à moitié nue.

— Elle a été étranglée par votre amie Katia,
dit-il paisiblement. Qui a failli m'assassiner avant-
hier également. Et je voudrais bien savoir pourquoi?

Les longs cils de Mouna battirent rapidement.
Une lueur affolée passa dans ses yeux sombres, vite
éteinte. Elle fixa Malko comme un Pakistanais
regarde un bol de riz.

— Pourquoi un homme aussi séduisant que vous
s'occupe-t-il de ce genre d'histoire?

Gracieuse et perverse, elle s'étira. Comme si
elle n'avait pas entendu ce que Malko venait de
dire. Quand Mouna voulait s'en donner la peine,

elle devait être capable de transformer un grena-
dier de la garde en méduse. Par le simple pouvoir
de suggestion de ses yeux et de sa voix. On se sentait
l'Unique, l'Elu, l'Homme choisi par cette créature
de rêve.

— Parce que j'ai de lourdes charges, dit Malko.
Mon château me coûte les yeux de la tête... Je voudrais que vous répondiez à ma question. Quel est le
lien entre Katia et vous?

— Mais il n'y a pas de lien, fit avec indignation
Mouna. Je la connais comme beaucoup de gens à
Beyrouth. Parfois, je vais chez elle me faire masser
et c'est tout. Pourquoi me posez-vous toutes ces
questions?

Malko lui prit le poignet et le serra un peu. Son
numéro commençait à l'agacer.

— Parce que Katia a pris la décision de me supprimer après avoir reçu un coup de téléphone de
vous.

Silence. Mouna dit d'une voix changée :

— Je ne comprends pas, vous vous trompez sûrement.

— C'est Katia qui a tué Mireille, dit Malko. Je
ne sais pas encore pourquoi, mais c'est elle. Le
Prince Mahmoud l'a vue.

Butée, Mouna ne répondit pas. Les jambes croisées, elle fixait un tapis ancien étalé sur le marbre
blanc, hostile et lointaine. Il y avait quelque chose
qui échappait à Malko dans son attitude. Quel intérêt avait-elle à se taire? Soudain, il eut une idée :

— Je vous signale que le prochain sur la liste
est Khalil. Je sais que Katia a décidé de le tuer le
plus rapidement possible. C'est probablement ce
que vous voulez.

Mouna se redressa d'un coup, le visage déformé
par la panique :

— Non, ce n'est pas vrai!

Aussitôt, elle se mordit les lèvres et baissa la tête.
Malko prit son menton volontaire entre ses mains
et la tira vers lui :

— Vous allez me dire la vérité, menaça-t-il. Sinon,
je vais tout raconter à Khalil. J'ai la preuve que
vous êtes mêlée aux meurtres de ses frères. Je ne
crois pas qu'il vous le pardonnera...

Le visage de Mouna se décomposa d'un coup. Des
larmes énormes balayèrent son maquillage et elle
éclata en sanglots convulsifs. Malko la laissa faire.
Enfin, il l'avait brisée. Il en éprouvait une certaine
gêne. Il n'aimait pas se conduire ainsi avec une
femme, mais il n'avait pas d'autre moyen de trouver la vérité...

Tout à coup, Mouna se leva. Son rimmel avait
coulé, ses yeux étaient gonflés, ses lèvres semblaient
avoir rapetissé, elle était presque laide.

Comme si Malko n'existait pas, elle partit en
courant. Il la rattrapa près de la porte d'entrée, et
elle se débattit furieusement, en pleine crise d'hysté-
rie, griffant, essayant de mordre, lui crachant au
visage.

— Laissez-moi, laissez-moi, je vais chercher cette
salope...

Elle égrena des mots abominables, déplacés dans
une aussi jolie bouche. Par une porte entrouverte,
Malko aperçut une salle de bains. Aussitôt, il
entraîna Mouna. Tandis qu'il la maintenait d'une
main, il ouvrit le robinet de la douche. Puis il fit
basculer la jeune femme dessous.

Le hurlement que poussa Mouna dut s'entendre

à Jérusalem. Elle se débattait comme une tigresse
pour échapper au jet d'eau froide. Malko la maintint fermement plusieurs minutes. Enfin, il la laissa
émerger, les cheveux trempés, les vêtements collés
au corps, de longues traînées noires sur le visage.
Quand Mouna se vit dans la glace, elle poussa un
nouveau hurlement et se tourna contre Malko.

— Salaud! Salaud!

Les griffes en avant, elle fonça. Il la cueillit à
froid par une gifle formidable qui la renvoya de
l'autre côté de la pièce. Mouna fit « ho » et resta
immobile contre le mur, secouant la tête. Un peu
honteux, Malko se rapprocha d'elle avec précau-
tion.

— Je suis désolé, dit-il, mais il fallait vous calmer.
Dans votre intérêt comme dans celui de Khalil.
Maintenant vous allez me dire la vérité, si vous vou-
lez le sauver...

Il prit une serviette et lui essuya le visage. Elle
se laissa faire. Puis, il lui ôta sa jupe, son corsage
et ses dessous, l'enveloppa dans un peignoir de
bain. Elle avait un corps mince et musclé, avec un
pubis noir comme du vison « black diamond ».
Elle se laissa faire, quand il la traîna jusqu'au
divan.

— Qu'est Katia pour vous? En dehors de votre
liaison...

Elle le fixa de ses yeux atones, avec un imper-
ceptible rictus, et murmura.

— Vous savez cela aussi.

— Pourquoi? demanda-t-il. Je croyais pourtant
que vous aimiez les hommes. Moi-même, je vous
ai vue...

Le rictus s'accentua, amer. Mouna alluma une

cigarette et enroula les pans du peignoir autour
d'elle

— Cela vous étonne, n'est-ce pas, que je préfère
Katia à un homme. Si vous saviez... Quand j'ai
épousé Khalil, j'avais dix-huit ans. Il était presque
aussi repoussant que maintenant mais ma famille
n'avait pas d'argent. C'est avec lui que j'ai fait
l'amour pour la première fois. Ensuite, comme il
n'y arrivait plus, il m'a demandé des choses horribles de plus en plus compliquées. J'ai cru devenir
folle.

» Et puis mon mari a commencé à m'envoyer
dans le Golfe[1], voir des gens avec qui il devait trai-
ter des affaires. Des bédouins frustres et affamés
de femmes qui me considéraient comme une putain
de luxe. Ce que j'étais devenue. Ensuite Khalil me
demandait de tout lui raconter, dans les moindres
détails. A ce prix-là, il arrivait à me faire l'amour.

— Mais je croyais qu'il était fou de vous?

Mouna haussa tristement les épaules :

— Il l'est. Mais il est aussi à moitié impuissant.
La drogue et les partouzes. Pourtant, il ne peut
pas se passer de moi. Je suis sa chose.

» Alors, presque malgré moi, je suis devenue la
plus grande putain du Golfe. Je sais que c'est ainsi
que l'on m'appelle. On a cru que je faisais cela par
plaisir, alors que c'était pour rapporter de l'argent
à mon mari. Comment croyez-vous qu'il a pu monter sa banque? Comme c'est un bon homme d'affaires, il a réussi.

— Mais Katia, là-dedans?

— Katia...

[1] Le Golfe Persique.

Le visage de Mouna s'adoucit.

— C'est une histoire étrange. Je savais qu'elle
était lesbienne. Une fois, elle était même venue
à une soirée un peu spéciale donnée par mon mari
pour des gros clients du Golfe. Elle avait fait
l'amour devant nous avec une autre fille. Cela m'avait
à la fois dégoûtée et excitée. Ce jour-là, à son regard,
j'ai compris que je lui plaisais. J'en avais été
gênée...

» Alors, une fois, j'ai été me faire masser chez
elle. Au début, elle a été absolument correcte. Pas
un geste déplacé. C'est moi qui l'ai provoquée, un
jour où j'avais le cafard. Je lui ai demandé ce que
cela lui apportait de faire l'amour avec des femmes.
C'était chez elle, et elle venait de me masser. Elle
a souri et a ôté sa blouse.

» — Je vais te le montrer. »

» Elle s'est agenouillée près de moi et a commencé à me caresser. Au début, j'étais raide et
contractée. Puis elle a été tellement douce, si habile
que j'ai fondu. J'ai eu un orgasme comme je n'en
avais pas éprouvé depuis longtemps.

» Peu à peu, elle est devenue ma drogue. Je l'ai
vue de plus en plus souvent. Khalil l'a appris et une
fois même, il nous a surprises, en haut. Au lieu de
se montrer jaloux, il a exigé que nous fassions
l'amour devant lui... J'ignore pourquoi, mais Katia
a accepté. Après, cela s'est gâté. Khalil a pratiquement violé Katia. J'ai cru qu'elle allait lui arracher
les yeux. Il a porté les traces de ses ongles pendant
une semaine. Et elle a refusé de me voir pendant
un mois.

Mouna se renversa en arrière. Son visage gonflé
par les larmes était pitoyable. Le saphir de trois

cent mille dollars ressemblait maintenant à un petit caillou bleu sans importance. Mouna l'arracha brusquement de son doigt et le jeta à l'autre bout de la pièce. La pierre atterrit sur le marbre et glissa sous un fauteuil.

— Je le hais, fit Mouna. Comme je voudrais pouvoir me passer d'argent. Mais je suis lâche.

Malko était de plus en plus perplexe. Katia semblait le centre de la toile d'araignée déployée sur Beyrouth par le KGB.

— Vous saviez que Katia était un agent soviétique? demanda-t-il. Qu'elle était mêlée à ces meurtres?

Mouna secoua la tête :

— Pas du tout.

» Souvent, elle me demandait ce que faisait Khalil tout le temps en Chine. Pour les Boeings, j'étais au courant aussi, mais il m'avait fait jurer de n'en parler à personne et je n'en avais pas dit un mot à Katia.

Elle renifla.

— C'est à cause de lui si tout cela est arrivé. Depuis longtemps j'avais envie d'un manteau de panthère de trente mille livres. Quand il est revenu de Chine en ayant l'accord de principe des Chinois pour les avions, il me l'a offert.

» Pendant qu'il était là-bas, j'avais connu un jeune Prince du Golfe. Il était fou de moi. Un jour, il est venu chez moi et m'a pratiquement violée sur mon manteau. Khalil est arrivé et m'a pris le manteau, ivre de rage, parce que je ne lui avais jamais parlé de ce garçon, alors qu'il m'a jetée dans les bras d'hommes vieux et laids. Quand ça l'arrangeait. Il a donné mon manteau à une petite

putain qui travaille à son bureau et qu'il offre à
ses visiteurs de passage...

Malko ne releva pas. A quoi tenaient les choses...

— Et alors?

— J'ai été me consoler avec Katia et je lui ai tout
dit. Pour le manteau et les avions. Je me souviens
qu'elle a eu l'air très intéressée et m'a posée des tas
de questions. Après je n'y ai plus pensé.

» Jusqu'aux meurtres de Adel et de Samir. Je
commençais à me douter de quelque chose. Khalil
avait changé, il était nerveux, inquiet. Il m'a avoué
qu'on le menaçait à cause des Boeings, m'a demandé
si je n'en avais parlé à personne. Bien entendu, j'ai
nié. Mais quand Adel a été tué au *Casino*, je me
suis affolée, j'ai couru voir Katia, je lui ai demandé
des explications, je l'ai menacée même.

Mouna avala une rasade de Hennessy à liquider
un bœuf et reprit son souffle; ses mains tremblaient :

— Cela a été horrible, souffla-t-elle. Elle m'a
avoué qu'elle travaillait pour les Russes, qu'elle
haïssait les gens comme Khalil et m'a menacée,
si je parlais, de lui dire que c'était à cause de moi
que ses deux frères avaient été tués... Cette femme
est diabolique parce qu'ensuite elle a été adorable,
nous avons même fait l'amour, elle m'a juré qu'elle
m'aimait, qu'il fallait l'aider...

» Alors, j'ai fait tout ce qu'elle me disait, pour
que Khalil ne sache pas...

Tout était simple. C'était une méthode vieille
comme le monde. Malko n'était pas venu à
Beyrouth pour rien. Les « gorilles » de la CIA n'auraient jamais trouvé la clef de Mouna avec leurs
gros pistolets.

— Vous saviez qu'elle avait tué Mireille?

Mouna dit dans un souffle :

— Katia m'a demandé de donner cette *party* et d'inviter Harold et Mireille, mais je vous jure que je ne savais pas ce qui allait se passer. J'ignore toujours pourquoi elle l'a tuée. Elle n'a pas voulu me le dire.

C'était le seul point obscur. Il faudrait qu'il questionne Harold de nouveau. Mireille n'avait pas été tuée par hasard.

— Pourquoi Katia a-t-elle voulu me tuer?

Mouna écrasa sa cigarette dans le cendrier :

— Je vous demande pardon, dit-elle d'une voix presque inaudible. Le Prince Mahmoud m'a téléphoné juste après votre visite. Il était bouleversé et furieux d'être mêlé à cette histoire. Il m'a dit que vous saviez que la fille qui avait tué Mireille avait des ongles peints en vert... Bien entendu j'ai compris que vous alliez identifier Katia.

» J'ai... j'ai eu peur pour elle. Et je lui ai téléphoné aussitôt. La malchance a voulu que vous soyez chez elle.

Et la chance que Elie soit amoureux d'une danseuse orientale. Mouna drapa brusquement le peignoir de bain autour d'elle et fit amèrement :

— Je suppose que maintenant, vous allez me dénoncer...

Malko secoua la tête.

— Vous ne risquez rien. J'appartiens aussi au monde parallèle de Katia. Nous ne réglons pas nos comptes par l'intermédiaire de la police.

Mouna blêmit :

— Vous n'allez pas la tuer? Vous ne ferez pas de mal à Katia, supplia-t-elle. Sinon, je me tuerai.

— J'essaierai. A condition que vous ne lui par-
liez pas de cette conversation.

Mouna se redressa :

— Je vous le promets.

Soudain, elle se jeta contre Malko. Le peignoir
s'ouvrit, et elle pressa son corps nu contre le sien.

Il dut faire appel à toute sa volonté pour la
repousser. Doucement, il lui caressa les cheveux
avant de se lever. Elle demeura prostrée, de nouveau secouée de sanglots.

— A bientôt, Mouna, dit-il.

.*.

Il pleuvait des cordes, et Chris Jones avait mal
au cœur pour le malheureux marchand d'oranges,
installé en face de la *Dolce Vita*, à peine protégé
par une mauvaise toile. L'humidité détrempait
tristement le crépi rougeâtre de la villa rococo de
la Princesse Alia. Le « gorille » n'était resté qu'une
journée à Bar Youssef, Khalil l'avait renvoyé car
la présence de l'Américain indisposait les villageois. Ils avaient pris cela comme une marque de
méfiance à leur égard.

De là à déclencher un massacre, il n'y avait qu'un
pas... Il faut avouer que Chris Jones ne s'était pas
incrusté. La purée de pois cassés et les brochettes
avaient retourné son estomac fragile. C'est avec
joie qu'il avait repris le chemin de Beyrouth. Quitte
à « planquer » la villa où s'était vraisemblable-
ment réfugiée Katia.

Il vit soudain dans le rétroviseur une Mustang
orange qui venait du centre par la voie extérieure
de la corniche. Quand elle passa près de lui, il

aperçut un homme au volant. La voiture continua
jusqu'au croisement en face de la *Dolce Vita* puis
revint sur ses pas sur l'autre voie de l'autoroute,
pour s'arrêter pile devant la grille de la villa rouge.
Chris sursauta. Depuis deux jours qu'il surveillait
les lieux, c'était la première visite. La Mustang
s'était arrêtée à côté d'un monstre né du mauvais
goût séoudien : une voiture mi-Cadillac, mi Rolls-
Royce! Seul le capot était d'une Rolls-Royce. Le
malheureux véhicule n'était plus utilisé que par
la Princesse Alia car celui qui l'avait commandé six
ans plus tôt avait eu bêtement la gorge tranchée au
Yemen, dans une obscure lutte d'influence. A
Beyrouth, on l'appelait la « Cadi-Rolls ».

Chris braqua ses jumelles sur la façade. La maison semblait inhabitée et l'arrivée de l'inconnu
dans la Mustang n'avait rien changé. Malko se reposait au *Phœnicia*, car sa blessure suppurait encore.
Khalil Jezzine était toujours à Bar Youssef et Jerry
Cooper de plus en plus nerveux. Les Chinois commençaient à ne plus comprendre pourquoi le gros
Libanais les fuyait.

Or, Khalil ne voulait pas remettre les pieds à
Beyrouth tant que les tueurs du KGB n'auraient
pas été mis hors d'état de nuire.

Quant à Mouna, elle s'offrait une orgie de gin-
rummy sans mettre le nez dehors. Malko lui téléphonait trois fois par jour, mais elle prétendait
que Katia n'avait pas donné signe de vie. Ce qui
était sûrement faux.

*
**

Harrry Erivan reniflait l'odeur de moisi du hall

de la villa, frigorifié. Il avait repris un peu d'assurance, voyant que personne ne s'intéressait fâcheu-
sement à lui mais ce rendez-vous ne lui disait rien.

La Princesse Alia arriva dans son dos, toujours
vêtue en garçon, les cheveux plus courts que jamais.
Harry la soupçonnait de se raser. Son visage anguleux et sans grâce aurait découragé le mâle le plus
affamé. Dans le salon un portrait la représentait
pourtant, féminine et évaporée. Le peintre avait dû
toucher un lot fabuleux de barils de pétrole...

— Katia vous attend en haut.

La Séoudienne semblait considérer chaque
homme comme son ennemi personnel. Harry lui
emboîta le pas. Alia lui donnait la chair de
poule. Katia l'attendait sur le palier et le fit entrer
dans sa chambre. Elle était vêtue d'un pantalon et
d'un pull gris et seules ses deux griffes d'or étin-
celaient à sa main droite.

— Pourquoi m'avez-vous fait venir ici? explosa-
t-il. C'est dangereux, les Américains doivent vous
rechercher.

— Vous n'avez pas à juger de ce qui est dangereux ou pas, fit sèchement Katia. Vous avez fait
assez de bêtises comme cela. Le camarade·lieutenant-
colonel vous donne l'occasion de vous racheter
maintenant... Asseyez-vous et écoutez.

Harry obéit. Pas enthousiaste. Katia sortit d'un
tiroir une boîte de métal gris de la taille d'une
petite boîte de cigares. Sur une des faces une
série de trous ressemblait à l'ouverture d'un haut-
parleur. Sur un des côtés étroits un bouton métallique saillait de un centimètre environ.

— Ceci est un émetteur miniaturisé extrêmement puissant, expliqua-t-elle. Nous avons décidé

de confier l'élimination de l'agent américain à
un autre membre de notre groupe mais vous allez l'aider. Votre travail va constituer à le retrouver. Dès que
vous serez près de lui, dans un endroit où il serait
susceptible de rester, vous vous rapprocherez
le plus possible de lui.

— Mais il va me reconnaître! protesta Harry.
Katia haussa les épaules.

— Non. Il ne vous a jamais vu.

— Mais pourquoi dois-je m'approcher?

— Parce que la personne qui procédera à
l'action ponctuelle ne le connaît pas, mais vous
connaît, vous.

Harry regardait la petite boîte grise, sembla-
ble à d'autres postes émetteurs utilisés par le KGB.

— Dès que vous serez en position, continua Katia,
vous appuierez sur ce bouton. Cela déclenchera
l'émission. Vous attendrez que l'on vous réponde
et vous expliquerez avec précision où vous vous
trouvez. Tenez.

Harry allongea la main et prit l'émetteur. Il était
assez petit pour être glissé dans une poche de
sa veste de tweed, mais très lourd.

— Surtout, recommanda Katia, ne vous en servez
pas avant d'avoir l'homme blond en face de vous. Il
est très puissant, mais en raison de cette puissance
même ne dispose que de moins d'une minute d'émission.

Harry prit l'émetteur et l'enfouit dans la poche
de son imperméable. Soulagé.

— Quand vous aurez rempli cette mission, dit
Katia, vous recevrez d'autres instructions. Nous
devons toujours éliminer Khalil Jezzine. C'est vous
qui en serez chargé...

Douteux honneur dont Harry se passerait bien.
Il se dit qu'à chaque jour suffit sa peine et qu'il
serait toujours temps de se défiler.

Katia le regarda descendre du haut du palier.
Harry se retrouva dehors sans avoir vu personne.
Le vent et la pluie redoublaient. Il courut jusqu'à
la Mustang qui refusa d'abord de démarrer. Que
faisait Katia dans cette villa toute la journée?

Il déboîta et accéléra vers le centre de Beyrouth.

⁂

Chris Jones jura, déçu. Impossible de relever le
numéro de la Mustang : la plaque était couverte
de boue. Tout ce qu'il avait vu c'était un homme
grisonnant et massif, avec des lunettes sans mon-
ture, ainsi qu'une antenne de radio cassée.

Il regarda sa montre, attendant que Milton vienne
le relever. Plus que deux heures. Finalement, il
aurait peut-être dû suivre l'homme à la Mustang.
Mais c'était trop tard.

CHAPITRE XIII

Malko descendit en boîtillant l'escalier du *Club*. Il avait cherché à joindre Harold en fin de journée, sans y parvenir. Dès le rapport de Chris Jones, il avait eu une idée, qu'il n'avait pu vérifier, ignorant l'adresse du « diplomate héréditaire ».

Le *Club* était encore aux trois quarts vide. Harold n'était pas là, mais il trouva Jerry Cooper, en train de boire une Heineken au bar. Plutôt morose. Khalil se terrait toujours à Bar Youssef. Malko et lui avaient eu une longue conférence à ce sujet deux heures plus tôt. Tandis que Chris et Milton se relayaient pour surveiller Katia ou plutôt la villa...

— Vous avez du nouveau depuis tout à l'heure? demanda l'Américain.

— Peut-être fit Malko, mais il faut que je trouve Harold...

— Il est tout le temps au *Flying cocotte* ces jours-ci. Pourquoi?

— Il connaît peut-être le tueur qui a liquidé les deux frères Jezzine.

Jerry Cooper faillit en avaler son verre.

— Lui!

L'Américain s'approcha de Malko. Il remonta rue
de Phénicie et prit un taxi. En avant pour le *Flying
cocotte*.

— Si ce que vous dites est vrai, dit-il à voix
basse, vous savez ce qu'il y a à faire...

Malko le savait et cela lui déplaisait.

— Et la police libanaise?

Le visage de Jerry Cooper ressembla soudain à
un bloc de pierre. Sa main enserra le bras de Malko
à le faire crier.

— *You found him, you get him* [1].

Il relâcha le bras de Malko et avala sa Heineken
d'un coup.

Malko le quitta sans un mot. Il savait que Chris
Jones et Milton Brabeck avaient, eux aussi, l'ordre
d'abattre à vue l'homme du KGB.

Et qu'il ne referait pas le monde. Mais il n'arrivait pas à s'habituer au meurtre.

Un homosexuel flamboyant et précieux, curieuse-
ment coiffé d'un béret basque, fonça vers Malko dès
qu'il pénétra dans la salle sombre.

— Vous voulez une place au bar? proposa-t-il.

— Je cherche un ami, dit Malko. Harold.

Le *Flying cocotte* était une discothèque où l'on
dînait dans une obscurité quasi totale. Ce qui évi-
tait de se poser trop de questions sur le contenu des
assiettes. Des couples évoluaient sur une minuscule piste de danse. Malko repéra Harold en compagnie d'une dame qui aurait facilement pu être sa
maman, outrageusement maquillée et pompon-
née, avec une robe de mousseline noire qui dévoi-

(1) Trouvez-le et liquidez-le!

lait une poitrine flétrie mais encore abondante. A côté d'elle, Harold faisait des effets de biceps et de mèche. C'était dur de gagner sa vie...

La salle était pleine de minettes, la jupe au ras des fesses, les jambes moulées par des collants aux couleurs criardes. Situé près de Hamrah, le *Flying cocotte* recueillait toute la jeunesse dorée du quartier, ainsi qu'un bon contingent d'homosexuels de tous poils.

Harold agita joyeusement les bras en voyant Malko. Sa cavalière minaudait déjà. Deux blonds dans la même soirée, c'était inespéré.

— Le prince Malko, présenta Harold. Et il ajouta froidement. Un de mes cousins de la branche cadette...

Malko réprouva une furieuse envie de lui faire avaler sa chevalière. Mais l'heure n'était pas aux discussions généalogiques. Il ne voulait pas surtout déranger Harold dans ses ébats. Celui-ci était cramponné à la cuisse flasque de sa cavalière, comme s'il avait peur que la viande se détache des os. Malko attaqua tout de suite dans le vif du sujet.

— Est-ce que vous connaissez un garçon qui a une Mustang orange? Pas très jeune, des lunettes.

Harold le regarda, plein d'innocence.

— Bien sûr. C'est Harry.

Malko sentit les battements de son cœur s'accélérer.

— Harry quoi?

L'autre fit une moue.

— Ça, je n'en sais rien. C'est un Arménien, c'est tout ce que je sais. Un photographe, un type sympa. Vous voulez le rencontrer?

C'était incroyable. Mais Malko ne voulait pas
encore y croire.

— Est-ce que ce n'est pas lui avec qui nous
devions dîner. Avec Mireille?

Le « diplomate héréditaire » ouvrit de grands
yeux.

— Comment avez-vous deviné?

— Votre type sympa, dit froidement Malko, a
déjà tué deux personnes.

La compagne d'Harold poussa un petit cri et le
regarda avec un mélange d'horreur et de fascina-
tion. Harold perdit d'un coup toute sa superbe.

— Harry, murmura-t-il, ce n'est pas possible.

— Décrivez-le moi, demanda Malko.

Harold s'exécuta. Il n'y avait aucun doute. Un
peu plus il dînait avec l'assassin des Jezzine. Harold
lui raconta l'histoire du dîner. Voilà pourquoi
Mireille était morte.

— Où peut-on le trouver? demanda Malko.

Effondré, Harold lissa ses beaux cheveux blonds.

— Je ne sais pas, avoua-t-il piteusement. Moi, je
le rencontre dans Hamrah ou au *Saint-Georges*. Je
ne sais même pas où il habite. Ce doit être dans
le quartier arménien, mais vous ne trouverez jamais.

Soudain le visage de Harold s'éclaira.

— Attendez! Je sais qu'il passe presque tous les
jours faire une partie de tric-trac chez *Hadj-Daoud*
le vieux café en bois construit au-dessus de l'eau,
derrière la rue du Port. Tout le monde connaît.

Malko était déjà parti. Il avait gâché leur soirée
en tout cas. La Libanaise se poussa amoureuse-
ment contre l'épaule rembourrée de Harold.

— Tu connais des assassins, mon chéri, dit-elle.
Comme c'est excitant.

— Oh, ta gueule, vieille conne, fit Harold excédé.
Les nerfs en pelote.

Ce n'était pas un mauvais garçon, et de se savoir
responsable de la mort de Mireille le rendait malade.

La Libanaise pleurnicha :

— Pourquoi tu me parles comme ça? Tu m'avais
dit que tu m'aimais...

Harold haussa les épaules, philosophe.

— Ça n'empêche pas que tu es une vieille conne
rapiécée qui a beaucoup servi.

Il était en train de perdre une cliente, mais il
s'en fichait.

∴

Harry Erivan secoua les dés dans sa grosse main.
Il avait presque gagné la troisième partie. Les dés
minuscules roulaient.

— Six.

Il bougea ses dernières pièces. Antoine, son adversaire, grommela :

— Tu as gagné.

C'était un gros Arménien jovial, joueur comme
pas deux. Il fouilla dans ses poches et en sortit
une poignée de billets.

— Je t'ai déjà donné cinq cents livres aujour-
d'hui. Ça suffit.

Ils repoussèrent le jeu pour tirer plus à l'aise
sur leur narguilé. *Hadj-Daoud* était encore aux
trois quarts plein de petites gens qui venaient
jouer aux cartes, fumer le narguilé et regarder
la mer. Sur la galerie extérieure, des Syriens se
gorgeaient d'air marin avant de repartir pour
Damas. Ils venaient pour la journée et ne bou-
geaient pas du café.

Hadj-Daoud existait depuis un demi-siècle et
n'avait jamais changé. Les solives pourries du plancher étaient rongées par les embruns et menaçaient
ruine. Par les interstices des planches on aperçe-
vait les vagues. Il n'y avait pratiquement pas d'étrangers. Ce quartier de Beyrouth avait échappé mira-
culeusement à la modernisation, avec ses vieilles
maisons en à-pic sur la mer.

Harry adorait cet endroit. On y mangeait des
crevettes fraîches, des *mézés* copieux et variés. Toutes les cinq minutes le garçon venait remplir les minuscules tasses de café à la cardamome et ranimer
la braise du narguilé. L'Arménien se sentait envahi
d'une douce torpeur. Le beau temps était brutalement revenu et on se serait cru au printemps.

Son adversaire soupira :

— Tu as de la chance de pouvoir aller faire la
sieste. Moi, il faut que j'aille au bureau. Et encore,
tu vas pouvoir t'envoyer une Egyptienne, avec le
fric que tu m'as piqué. Veinard, va.

Harry n'écoutait pas.

— Nom de Dieu, murmura-t-il en arménien.

Il fixait l'escalier de l'entrée, le visage défait, les
yeux hagards, terrorisé. Brusquement, il repoussa
le tric-trac et se leva.

∴

La Mustang orange était garée presque en face
d'une petite impasse qui donnait dans la rue Sour.
Chris Jones l'avait formellement reconnue à cause
de l'antenne cassée.

En entrant au *Hadj-Daoud*, Malko n'aperçut pas
immédiatement Harry, car la salle était en L. Puis,

il avança, et Chris Jones lui donna un coup de coude :

— C'est lui.

Il fallut à Malko un prodigieux effort d'imagination pour se dire que ce père tranquille en train de jouer au tric-trac était le tueur du KGB.

Harry l'aperçut alors qu'il l'observait depuis plusieurs minutes. Malko ignorait si le tueur était armé. Voulant éviter un échange de coups de feu au milieu des consommateurs, il entraîna Chris Jones vers la porte. Il n'y avait qu'une sortie possible et il était préférable d'attendre Harry dehors. Si seulement il avait pu prévenir Elie! Pour faire arrêter le tueur par les Libanais, évitant ainsi une exécution sommaire.

*
**

— Qu'est-ce que tu as, Harry?

L'Arménien ne quittait pas des yeux la silhouette de Malko. Ce n'était pas par hasard s'il était là... Il se leva cherchant désespérément un moyen de s'en sortir. Il n'avait pas d'arme sur lui. Même l'émetteur donné par Katia était resté dans la Mustang.

Il se précipita sur la galerie extérieure, bousculant un paquet de Syriens, et se pencha. La mer était calme, mais cela ne l'avancerait à rien de sauter. Même s'il arrivait à se dissimuler sous le restaurant, ses adversaires auraient l'avantage. Il ne nageait pas assez bien pour leur échapper. S'il parvenait à gagner sa voiture, il connaissait assez bien Beyrouth pour semer n'importe qui.

Il revint vers son copain. L'homme blond avait disparu, ce qui lui donnait quelques secondes de répit.

— J'avais cru voir un rat, dit-il, se forçant à sourire.

L'autre le fixa, plein d'incompréhension.

— Et alors, ça t'a bouleversé à ce point? Tu n'es pas un chat, non?

Harry ne répondit pas. Il semblait de plus en plus nerveux.

— Tu viens avec moi? demanda-t-il d'une voix bizarrement tendue.

Antoine ne comprenait pas. Il reboutonna sa chemise sur sa poitrine couverte de poils gris et suivit Harry. Furieux d'avoir perdu ses cinq cents livres. Les deux hommes traversèrent le restaurant. Harry avait enfoncé les mains dans la poche de son imperméable. Son cœur cognait dans sa poitrine.

Il monta les marches derrière Antoine. L'impasse était vide. Pendant quelques secondes, il reprit espoir. S'il avait le temps de gagner sa voiture, il filait droit sur la Syrie. Ensuite, on verrait.

Soudain, il aperçut l'homme blond et son compagnon, massif et inquiétant, dissimulés derrière une voiture en stationnement dans le renfoncement où des bateaux de pêche venaient aborder. Ils sortirent aussitôt de leur cachette et lui emboîtèrent le pas. Harry retint une furieuse envie de prendre ses jambes à son cou. Il n'entendait même pas ce que lui disait Antoine. Le gros Arménien tira son dernier billet de sa poche et le plia :

— Vingt livres s'il se termine par un numéro pair, dit-il en le tendant à Harry.

Leurs poursuivants n'étaient plus qu'à trois mètres derrière eux. Harry sursauta et se retourna. Une voix venait de l'appeler.

— Monsieur Harry?

Il aperçut immédiatement le petit colt Cobra disparaissant dans la grosse main de l'étranger. L'homme blond, les yeux dissimulés derrière des lunettes noires, n'avait pas d'arme apparente. Trente mètres plus loin, l'impasse se jetait dans la rue Sour. La Mustang était un peu plus loin sur la droite. Brusquement, il se jeta en avant dans une fuite éperdue.

La détonation dans son dos lui fit l'effet d'un coup de tonnerre. Sans s'arrêter, il se retourna. Le bras tendu, l'homme au Cobra le visait. La première fois, il avait dû tirer en l'air. A la position du corps, il vit tout de suite qu'il avait affaire à un professionnel.

— *Come back*, dit l'homme sans élever la voix. *Don't move.*

Harry s'arrêta pile et fit lentement demi-tour. Il n'y avait rien à faire. Ses mains sortirent de ses poches. Il réalisa sa bêtise. Il aurait dû faire comme si de rien n'était et gagner la rue Sour : ces étrangers n'avaient aucun pouvoir légal à Beyrouth. Il lui aurait suffi d'ameuter la foule en arabe pour s'en débarrasser.

Affolé, Antoine regardait alternativement le revolver et Harry.

— Qu'est-ce qui se passe, Harry? demanda-t-il. Qui sont ces types?

Harry secoua la tête :

— Je ne sais pas, murmura-t-il. Je ne les connais pas. Il faudrait appeler la police.

Son ton n'était pas très convaincant. L'homme blond dit en anglais.

— C'est une bonne idée d'appeler la police. Vous pourrez leur raconter vos deux meurtres.

Pendant une seconde, il se trouva entre l'homme au Cobra et Harry. Celui-ci sauta sur l'occasion. Prenant Antoine à bras le corps, il le fit pivoter et le projeta violemment dans la direction de l'homme armé.

Instinctivement, écartant l'homme blond, son compagnon appuya sur la détente. Comme dans un film au ralenti, Harry vit Antoine porter les mains à son ventre en se pliant en deux, la bouche ouverte avec une intense expression de stupéfaction. Harry courait déjà de toutes ses forces vers la rue Sour. S'attendant à chaque seconde à recevoir une balle dans le dos. Au même moment, un couple accompagné de quatre enfants tourna dans la ruelle et Harry se jeta pratiquement dans leurs jambes. Il ralentit aussitôt. Ses adversaires n'oseraient jamais risquer de toucher un enfant. Il s'offrit même le luxe de se retourner avant de quitter l'impasse. Antoine était couché sur le côté et les deux hommes se lançaient à sa poursuite. Il jura en turc. Pauvre Antoine! Il était vraiment un salaud.

Il détala sur le trottoir étroit de la rue encombrée. Il entendit des cris derrière lui et, soudain un énorme docker kurde lui coupa la route les bras écartés. Trois fois gros comme Harry, le visage barré d'une énorme moustache. Une vraie montagne de viande.

Harry hésita une seconde, regarda autour de lui et vit à sa droite une minuscule échoppe de boucher en plein air.

Il fit un saut de côté, arracha de sa ficelle un crochet et fit valser le morceau de viande. Puis, il revint sur le docker et envoya le bras latéralement comme pour un revers de tennis. De toute sa force. Le croc d'acier entra de vingt bons centi-

mètres dans le ventre du Kurde sous la grosse
ceinture. Méchamment, Harrry tira sur le côté,
arrachant le crochet. Le péritoine déchiré, l'énorme
Kurde s'effondra dans un flot de sang.

Harry évita le corps et repartit en courant. Il
n'avait jamais aimé les Kurdes.

Quand il sauta dans la Mustang, un groupe ges-
ticulant était à ses trousses. Une Fiat jaillit de la
ruelle où Antoine agonisait.

La Mustang s'arracha du trottoir comme elle
ne l'avait jamais fait, et Harry prit la direction du
Phœnicia, le cerveau vide. Dans le rétroviseur, il
aperçut la Fiat qui se faufilait entre les taxis, visiblement conduite de main de maître. Jusqu'au
Phœnicia, la rue était à peu près dégagée. Mais le
feu était au rouge. Harry remonta sur la gauche
en klaxonnant, tourna en catastrophe sous les yeux
d'un policier casqué de la brigade « Seize ». »
Au point où il en était... Klaxonnant sans arrêt, la
Fiat se faufila à son tour.

Dans la montée raide de la rue Chebli, le gros
moteur de la Mustang prit de l'avantage. Harry arriva
à l'avenue Chahab avec cinquante mètres d'avance.
C'était une sorte d'autoroute intra-muros, construite
en surélévation, qui s'enfonçait profondément vers
l'est, à travers le quartier d'Ashrafieh. S'il parvenait
à la suivre jusqu'au bout, il sèmerait ensuite ses
poursuivants dans le dédale du quartier arménien.

Cent mètres plus loin, en enjambant la rue
Basta, il comprit qu'il n'y arriverait pas. Plus nerveuse, la Fiat grignotait lentement l'espace qui
les séparait. Harry avait l'impression qu'on lui avait
passé l'intérieur du cerveau à la paille de fer. Une
panique viscérale lui ôtait les réflexes les plus élé-

mentaires. Bien sûr, cela faisait partie de la vie qu'il menait, mais il avait une furieuse envie de vivre.

L'autoroute Chehab montait et descendait, la chaussée à la hauteur du second étage des maisons. Comme une sorte de métro aérien. La circulation était plus fluide. Harry eut soudain une idée. S'il parvenait à faire un tête-à-queue, et à repartir dans l'autre sens, sur la même voie, ses poursuivants perdraient assez de temps pour qu'il puisse ensuite sortir de la voie express et se perdre dans les petites rues en contrebas pleines de cafés arabes où on vendait du haschich. Au même moment le rétroviseur de son aile gauche vola en éclats. Sous le coup de l'émotion, il fit une violente embardée et mit plusieurs secondes à reprendre le contrôle de la Mustang.

Le bras penché à l'extérieur, l'homme qui avait tiré sur Antoine le visait. Harry comprit qu'il n'avait plus de temps à perdre. Assurant solidement le volant dans sa main gauche, il saisit son frein à main.

Il tira violemment en braquant à droite et en débrayant. L'arrière de la Mustang décrocha brutalement. Harry vit défiler les maisons comme dans un kaléidoscope et la tête lui en tourna. Il lâcha le volant pour qu'il revienne à sa position initiale, au moment où la Fiat passait de justesse entre la Mustang et la glissière de sécurité. Presque en même temps, un choc violent rejeta la voiture au milieu de la voie express. Il avait trop braqué et le capot venait de s'écraser contre la glissière de sécurité.

Le moteur cala. Désespérément, Harry tenta de remettre en route. Plusieurs voitures avaient stoppé derrière et la voie était bloquée. Il aperçut la Fiat qui avait stoppé cent mètres plus loin. Ses occupants en jaillirent.

A son tour, il se glissa hors de la Mustang et partit en courant vers la section la plus basse de la voie Chehab, où il pourrait sauter dans la rue en contrebas. Avant de partir, il rafla dans la boîte à gants le poste émetteur du KGB. Il risquait pourtant de ne jamais servir.

Quelqu'un lui barra la route et il lui entra dedans, tête la première. Mais il était essoufflé, empêtré dans son imperméable. Il maudit tous les pieds de mouton qu'il avait mangés. Avec vingt kilos de moins, il serait déjà dans les ruelles inextricables du quartier de Basta.

— Arrêtez!

Cette fois, l'homme au pistolet le talonnait. Il entendait le choc de ses semelles contre l'asphalte. Jamais il ne lui échapperait. Il fallait pourtant que les autres sachent ce qui lui était arrivé. Tout en courant, il mit la main dans la poche de son imperméable. Il sortit l'émetteur et, sans même regarder, appuya sur le bouton nickelé.

∴

Une flamme éblouissante et jaune, suivie immédiatement d'une fumée noire, sembla jaillir du ventre de Harry Erivan. L'explosion sèche et violente fit dégringoler les vitres cent mètres à la ronde.

Bien qu'il soit à près de cinquante mètres, Chris Jones sembla s'envoler, plana comme un fêtu de paille, et retomba à plat-ventre avec une pluie de débris divers.

Harry Erivan s'était volatilisé.

A la place où il se trouvait quelques secondes plus tôt, il n'y avait plus qu'une tache noire sur l'asphalte et une manche de son imperméable.

Vide.

Les morceaux les plus importants de son corps avaient été projetés à vingt mètres en contrebas. Des débris de ses mains, taillées comme par un hachoir, constellaient le pare-brise de la voiture de l'évêque maronite de Beyrouth, dont le chauffeur devint vert et s'évanouit. Si l'Arménien avait attendu dix secondes de plus pour mettre en marche ce qu'il croyait être un émetteur-radio, Malko et Chris Jones auraient aussi été réduits en bouillie. Le plan de Katia n'avait marché qu'à moitié.

Les deux hommes se penchèrent au-dessus de l'endroit où gisait ce qui avait été Harry. Le corps avait été presque coupé en deux et l'imperméable n'était plus qu'une masse sanglante. Le pantalon et les chaussures étaient arrachés. Malko détourna la tête devant l'horrible spectacle. Le tueur du KGB ne livrerait jamais son secret. Une odeur écœurante d'intestins lui fit détourner la tête. Les pieds de mouton n'avaient pas encore été digérés.

La sirène d'une ambulance se rapprochait. Maintenant la circulation était totalement arrêtée sur l'autoroute Chehab. Malko pensa à l'homme touché par Chris Jones. Ils n'étaient pas sortis des ennuis. Mais au moins, Khalil Jezzine allait pouvoir regagner Beyrouth. Il avait quand même rempli son contrat. Le tueur du KGB était hors de combat.

Même s'il s'était fait sauter avec sa propre machine infernale.

CHAPITRE XIV

Le cinquième conseiller de l'ambassade Américaine jeta un regard triste à la mer démontée, à travers le grillage antigrenade de la fenêtre de son bureau.

— Ils réclament cinquante mille dollars de garantie. A verser avant ce soir. Sans préjudice des poursuites pénales et civiles contre M. Chris Jones laissé en liberté provisoire.

Le gorille baissa la tête, penaud. Les Libanais l'avaient interrogé près de sept heures de suite. Sans l'intervention officieuse du colonel Suleiman et celle officielle de l'ambassadeur lui-même, il serait en prison. Jerry Cooper s'était beaucoup démené, après la mort de Harry Erivan.

— N'ayez pas peur, affirma ce dernier, d'un ton jovial. La *company* paiera. M. Jones a agi sur nos instructions, en mission officielle.

Le conseiller hocha la tête, nettement désapprobateur.

— Quel genre de mission... Tirer à bout portant sur un innocent. C'est grave, c'est très grave. Nous sommes dans un pays étranger.

Jerry, rendu euphorique par la mort de Harry, haussa les épaules :

— Ce n'est pas si grave que cela. A chaque élection, dans ce pays, il y a deux cents morts... D'abord, ils nous volent en réclamant cinquante mille dollars pour un vieux bonhomme comme cela.

Cette fois, le cinquième conseiller eut un hoquet d'indignation. Antoine Loir, le vieux journaliste, se débattait entre la vie et la mort à l'hôpital. Où il avait dû subir l'ablation de la rate... Sans compter les perforations intestinales. Lee Oswald, l'assassin du Président Kennedy, était mort à la suite de la même blessure : une balle de 38 dans le ventre.

— Je vous laisse, fit le conseiller. Il faut que j'aille régler cette pénible affaire.

Il ramassa ses dossiers et partit en claquant moralement la porte, abandonnant son bureau à Jerry Cooper. Dès qu'il fut hors de la pièce, ce dernier s'adressa à Elie Nabatie, assis sagement dans un fauteuil. Toujours aussi placide.

— Vous remercierez le colonel Suleiman. Qu'il ne s'étonne pas s'il reçoit un petit cadeau à Noël...

Elie sourit discrètement. Chris jeta un regard reconnaissant à son homologue. Sans lui, il serait en train d'écrire son nom sur les murs d'une cellule.

L'Américain s'assit derrière le bureau, dans le fauteuil du conseiller.

— Khalil Jezzine rentre dans deux jours, dit-il. Le rendez-vous avec les Chinois est pris. Mais il reste un danger : Katia...

Chris Jones l'interrompit.

— J'ai nettement vu le type appuyer volontairement sur quelque chose, dit-il. C'est pas possible qu'il se soit suicidé. Il n'a pas fait de fausse manœuvre. Il ne croyait pas qu'il allait sauter. On ne se suicide pas en courant.

Si ce n'était pas un suicide, ni un accident, cela signifiait que Katia continuait à tirer les ficelles du jeu à partir de la villa de la Princesse Alia.

— Nous ne pouvons pas laisser cette fille dans la nature, fit fermement Jerry Cooper.

Sans regarder personne.

Pour la première fois depuis qu'il le connaissait, Malko vit Elie Nabatie manifester un certain trouble. Le puissant Libanais s'agitait, mal à l'aise sur sa chaise. Presque timidement il dit à Jerry :

— Ce serait fâcheux s'il se reproduisait un autre incident dans la villa de la Princesse. Le colonel est déjà beaucoup intervenu en votre faveur.

Le malheureux voyait déjà le quartier de Raouché à feu et à sang. Pour Harry, la direction de la police avait publié un communiqué officiel disant qu'il s'était fait sauter accidentellement avec un engin explosif ramassé sur la voie express. Comme on était en période électorale et qu'on se méfiait du moindre sac de papier abandonné par terre, cela n'avait étonné personne. Mais il ne faudrait pas que cela arrive trop souvent...

— Je n'ai pas parlé d'action violente, se hâta de corriger Jerry Cooper.

Lui aussi, il connaissait les limites de la tolérance libanaise. Mais il ne voyait pas comment il pourrait éliminer Katia par la douceur.

Un ange passa, les ailes chargées d'explosifs comme un *Phantom*. Malko réfléchissait à se faire péter les méninges. On ne pouvait pas laisser Katia en liberté, et on ne pouvait pas la tuer. C'était un dilemme sans issue. Soudain, sa fantastique mémoire se mit à fonctionner. Comme un ordinateur, elle accolait à toute vitesse tous les faits survenus

depuis son arrivée à Beyrouth pour en sortir quelque
chose de cohérent.

— Il y a peut être un moyen, dit-il. Mais il faudrait la collaboration de mon ami Elie...

Celui-ci se recroquevilla. Il avait déjà reculé
aux limites du possible les bornes de la neutralité.

— Il faut que j'en parle au colonel, dit-il.

Malko se leva.

— Je vais vous accompagner, proposa-t-il. Je
vous expliquerai en route.

Jerry Cooper les regarda partir, perplexe. Chris
Jones en bavait d'admiration.

— Je suis sûr qu'il a trouvé le moyen de faire
sauter cette baraque sans toucher au quartier, fit-
il aux anges. Ce Prince est un crack.

Malko et Elie gagnèrent le parking derrière
l'ambassade. Il avait rarement vu un bâtiment aussi
sinistre. Coincé dans un virage de l'avenue de Paris,
face à la mer, l'ambassade US montrait les tristes
fenêtres barricadées de son rez-de-chaussée et des
murs lie de vin. Derrière, dans un terrain vague
détrempé par la pluie, un soldat libanais montait
la garde dans une guérite qui ressemblait à un cabinet d'aisance.

Dès qu'il fut installé dans l'Alfa-Roméo d'Elie,
Malko attaqua.

— Que diriez-vous si nous éliminions Katia *léga-
lement*?

Elie fronça les sourcils.

— Vous voulez dire à cause du meurtre de Mireille? Mais il n'y a pas de preuve. Jamais le Prince
Mahmoud n'acceptera de témoigner. Et cela pren-
drait des semaines.

— J'ai une autre idée, dit Malko. Vous n'avez

jamais lu l'histoire d'un homme condamné pour
un crime qu'il n'avait pas commis alors qu'on l'avait
innocenté d'un autre dont il était vraiment coupable?

∴

Houry sauta de joie en voyant Malko. En dépit
de la présence de la standardiste, elle se dressa sur
la pointe des pieds et l'embrassa. Dans ce mouvement, sa jupe en peau glacée remonta de vingt
bons centimètres.

— Tu me négliges, reprocha-t-elle.

Malko l'assura du contraire.

— Khalil n'est pas rentré, dit-elle.

— Ce n'est pas lui que je venais voir.

Les yeux de la petite Libanaise brillèrent.

— C'est vrai, mais alors...

— C'est toi que je viens voir, compléta Malko.
Mais pour affaires...

Elle fronça comiquement les sourcils.

— Pour affaires?

— Oui.

Il l'entraîna à l'écart de la standardiste et lui
expliqua ce qu'il voulait. Houry ouvrit d'abord
de grands yeux puis sourit malicieusement.

— Je peux te donner ce que tu veux, dit-elle.
A une condition.

— Laquelle?

— Que la prochaine fois que je téléphone, tu
viennes me voir. Pas pour affaires. Tu te rends
compte que nous n'avons jamais fait l'amour.

— D'accord, promit Malko.

Elle regarda avec ravissement ses yeux dorés.

— Attends-moi là un moment, dit-elle.

* *

Le bar du *Club* était bourré. On se serait cru
dans le métro. Malko eut du mal à se rapprocher
de Elie en train de vider un verre de *J and B*. Le
Libanais serra la main de Malko. Celui-ci sentit
un petit carré de carton et le prit. Aussitôt il se
dirigea vers le vestiaire.

Il mit le carton de Elie avec un billet d'une livre
sur le comptoir. Aussitôt, la préposée lui apporta
l'imperméable d'Elie, et s'éloigna pour servir
d'autres clients. Malko posa la main sur le vêtement et rapidement glissa un paquet dans la poche.

Puis, il appela la dame du vestiaire.

— Je me suis trompé, expliqua-t-il. J'ai pris le
ticket de mon ami. Rendez-le moi et reprenez cet
imperméable. Je vais chercher le mien.

Du moment qu'elle gardait sa livre...

Malko récupéra le ticket et regagna le bar. Elie
avait fini son whisky.

— Un autre? proposa Malko. Moi, je prendrais
une Stolychnaia. Avec de la glace pilée. Je connais
peu d'endroits où on sait servir la vodka. Il faudrait
deux verres concentriques et de la glace pilée entre
les deux.

Au moment où le barman apportait la commande,
il glissa la contremarque dans la poche de la veste
d'Elie.

* *

Le bâtiment de la brigade anti-drogue de Beyrouth ne payait pas de mine. C'était un petit immeuble lépreux de trois étages dans la 33e Rue, presque

au coin de la 50ᵉ. Malko suivit Jerry Cooper dans l'ascenseur à la peinture écaillée.

Au second étage, l'Américain frappa à la porte d'un bureau portant une plaque blanche :

Lieutenant RACHAYA

Le bureau était tout aussi austère, avec un bureau métallique et trois chaises. Dans une vitrine s'étalaient différents échantillons de drogues saisies. Le lieutenant Rachaya, un jeune Libanais en civil, avec un col roulé et les cheveux en brosse, serra chaleureusement la main de Jerry Cooper et de Malko. L'Américain entra tout de suite dans le vif du sujet.

— Je vous avais dit que M. Linge était ici en mission spéciale pour le *Treasury Department* dit-il. Afin de suivre une filière de drogue. Son enquête a amené certaines découvertes que, bien entendu, nous ne pouvons exploiter nous-même...

— Bien entendu, fit le lieutenant.

Malko prit la parole à son tour.

— J'ai appris, dit-il, que de la drogue vient d'être introduite au Liban par la Princesse Alia et sa complice, une certaine Katia qui vit avec elle. Cette drogue, de l'héroïne, se trouve dans le coffre de la voiture de la Princesse Alia. Une sorte de Rolls, je crois.

Le lieutenant écoutait, un peu incrédule.

— Vous êtes sûr de votre information?

— Absolument, dit Malko. Il faudrait intervenir très vite avant que cette drogue ne soit distribuée.

Le Libanais jouait avec un crayon.

— La Princesse est protégée par l'immunité diplomatique, remarqua-t-il. Si votre information est vraie, nous pourrons seulement l'expulser.

— Mais vous aurez toujours saisi la drogue, dit sentencieusement Jerry Cooper. C'est le principal.

Le lieutenant se leva, et tendit la main à Jerry Cooper.

— Je vais faire le nécessaire, affirma-t-il. Et je vous remercie de votre coopération.

Il raccompagna les deux hommes jusqu'à l'ascenseur. Dès qu'ils furent seuls, Malko demanda à Jerry :

— Vous croyez qu'il va vraiment agir?

L'Américain sourit sardoniquement.

— Evidemment. Sinon, il sait que le *Narcotic Bureau* l'accusera de protéger les trafiquants.

— Il n'y a plus qu'à prier pour qu'Elie ait pu ouvrir le coffre de la « Cadi-Rolls »

*
* *

Une fois de plus, le temps avait changé et un soleil printanier brillait sur Beyrouth.

Elie jeta un coup d'œil à travers la vitre de la *Dolce Vita*.

— Les voilà, dit-il.

Deux voitures de la Brigade 16 venaient de s'arrêter devant la villa de la Princesse Alia. Encadrant la « Cadi-Rolls » garée le long du trottoir.

Malko en aurait crié de joie. La brigade anti-drogue avait découvert trois cents grammes d'héroïne pure cachés dans le coffre. Malgré les dénégations furieuses de la Princesse Alia, le ministre de l'Intérieur avait signé un ordre d'expulsion pour Alia et Katia que la Princesse avait pris sous sa protection.

A travers la vitre, Malko vit la Princesse et Katia, les yeux dissimulés derrière des grandes lunettes noires, monter dans la « Cadi-Rolls ». Elie soupira :

— Vous voyez qu'elle est efficace, cette brigade anti-drogue. Ils ne sont pourtant que trente-deux pour tout Beyrouth.

Il ne souriait même pas...

— Il y a bien longtemps que je ne suis pas venu ici, fit-il. Avant c'était le quartier général des complots syriens baassistes. Mais ils se sont tous assassinés mutuellement et il n'y a plus de complots.

Malko se leva.

— Je vais les suivre, m'assurer qu'elles partent bien.

*
**

Le lieutenant Rachaya contemplait pensivement l'héroïne saisie dans le coffre de la « Cadi-Rolls ». Il venait d'en éventrer un sachet posé sur son bureau et faisait glisser entre ses doigts la poudre blanche et brillante.

Puis, il la goûta, du bout de la langue, et croisa le regard de son adjoint qui venait de faire la même chose.

— C'est de la « Makouk », murmura Rachaya.

— Sans aucun doute, renchérit son adjoint.

Les deux hommes se regardèrent, perplexes. Ce qu'ils avaient trouvé était la meilleure qualité d'héroïne qu'on puisse trouver sur le marché. Fabriquée au Liban. Le vieux père Makouk, recherché par la police, se cachait quelque part du côté de Baalbeck, tout en continuant à en fabriquer. Ce

que le lieutenant Rachaya ne comprenait pas
c'est que la Princesse Alia ait été chercher en Arabie Séoudite de l'héroïne fabriquée au Liban...

Renonçant à élucider le mystère, il se mit à la
rédaction de son rapport.

CHAPITRE XV

Mouna heurta la bordure de cuir du bar et renversa son verre. Les trois hommes qui l'entouraient dévisagèrent Malko avec une hostilité non dissimulée. Peu accoutumés à voir la « panthère du Golfe » manifester autant d'émotion devant un homme. Vêtue d'un ensemble pantalon noir pailleté, les cheveux tirés, elle était extrêmement digne.

Cela tourna à la haine franche quand Mouna, sans un mot d'excuse, posa son verre, prit Malko par la main et l'entraîna sur la piste de danse du *Club*. Elle sentait le « Numéro 5 », son maquillage était parfait et l'énorme saphir brillait à sa main droite, mais Malko, la sentait trembler entre ses bras. Elle leva sur lui des yeux égarés aux pupilles dilatées.

— Elle est partie.

Elle n'arrivait pas à maîtriser complètement sa voix.

— Je sais, dit Malko.

Mouna approcha sa bouche de son oreille :

— C'était vous, l'héroïne dans le coffre, n'est-ce pas? Katia m'a téléphoné. Dans un état indes-

criptible. Elle m'a dit qu'elle se vengerait. Qu'on
ne l'avait même pas laissé passer chez elle. C'est
horrible.

— Vous auriez préféré que je la tue? demanda
Malko.

Mouna se raidit d'un coup puis se laissa aller
contre lui, de la bouche aux chevilles.

— Merci de ne pas l'avoir tuée, dit-elle.

A son attitude, elle n'envisageait qu'une façon
de manifester sa reconnaissance. Malko scruta cette
jolie femme, puis les hommes qui le dévisageaient
avec envie et se dit, un peu grisé, que la vie avait
quand même de bons moments. S'il n'y avait pas
eu la brûlure à la fesse, il aurait pu croire que les
jours précédents avaient été un cauchemar, dis-
parus en fumée comme Harry. Mouna était dans
ses bras, plus que consentante, il se trouvait dans
un endroit agréable et raffiné.

— Je me suis laissé dire que le caviar était
très supportable ici, dit-il. Et qu'ils avaient une
vodka polonaise qui soutenait la comparaison
avec la Stolychnaia... Si nous dînions?

— D'accord, dit Mouna, vous êtes mon invité.

Elle le prit par la main et l'amena dans le
groupe où elle bavardait quelques instants plus
tôt.

— Je vous présente le Prince Malko, dit-elle.
Une relation d'Europe.

Ils ne grincèrent pas des dents parce que c'étaient
des gens bien élevés, mais on aurait pu étaler leur
hostilité sur des tartines. L'un d'eux demanda perfidement à la cantonade :

— Tiens, où est donc Khalil?

Malko prit la balle au bond.

— Je vais le chercher demain, dit-il. Il était parti se reposer.

Il échangea un regard de connivence avec Mouna. Le lendemain, Khalil Jezzine avait rendez-vous au restaurant du *Saint-Georges* pour déjeuner avec la délégation chinoise. Le reste de l'après-midi devait être consacré à la signature du protocole d'accord des Boeings. Jerry Cooper avait envoyé un long câble à Washington rendant compte de l'affaire et de son heureux dénouement... Le réseau du KGB était démantelé pour un moment. Malko aperçut soudain le nez camus de Elie. Modestement assis dans un coin.

Immédiatement, il appela le maître d'hôtel.

— Voulez-vous faire porter à ce monsieur une bouteille de Moet et Chandon 1964 ou 66 et la plus grosse boîte de caviar que vous pourrez trouver. De ma part.

D'une oreille distraite, il entendit un minet à cheveux gris demander à Mouna.

— Vous dansez?

La Libanaise le toisa. Sérieuse comme un pape.

— Mon mari n'aime pas que je danse.

Elle vida sa coupe de champagne et sans mot dire, entraîna Malko sur la piste. Il eut l'impression qu'elle se vissait contre lui. Le minet à cheveux gris en grinçait des dents.

— Je veux montrer à ces imbéciles que je vous appartiens, dit-elle avec simplicité.

— Et Katia?

Elle plissa le front.

— Katia... Je ne l'oublierai jamais. Elle m'a aidée à vivre. Je crois que si elle revenait, je retomberais

amoureuse d'elle. Mais elle me fait peur maintenant. Vous me jurez de ne rien dire à Khalil?

— Je vous le jure.

— Ce soir, nous ferons l'amour dans son lit.
C'est tout ce qu'il mérite.

.:.

Khalil Jezzine s'extirpa majestueusement de la
Rolls-Royce et s'avança vers Malko. Il semblait
avoir encore grossi, mais son visage était reposé.

— Bravo, dit-il de sa voix de fausset. Enfin, je
vais pouvoir respirer. Je commençais à en avoir
assez de la montagne...

L'autre portière claqua, et un curieux personnage descendit de la Rolls. La tête de Landru,
avec un petit bouc, une moustache, des yeux brillants et une bouche sensuelle de jouisseur, le
tout juché sur un corps maigre flottant dans une
soutane pleine de taches. Khalil parut ravi de la
surprise de Malko :

— Je vous présente le père Doury, un des plus
beaux fleurons de la Compagnie des jésuites, dit-
il. Il m'a aidé pendant cette épreuve et était prêt
à en faire encore plus. N'est-ce pas, mon Père?

— Certainement, mon bon Khalil, répondit le
jésuite dans un français châtié. Notre Dieu n'est
pas tout à fait le même, mais nous sommes tous
les deux des Justes. Maintenant, je dois vous quitter, j'ai ma réunion électorale du *Starco*... Que
Dieu vous bénisse tous.

Il esquissa un signe de croix et s'éloigna d'un
pas balancé de montagnard. Malko remarqua alors
les deux grosses bosses sur ses hanches.

— Il bourre sa soutane de missels? demanda-t-il.

Khalil éclata d'un rire de crécelle. S'il avait pu se baisser, il se serait tapé sur les cuisses.

— Ce sont ses colts! (Il rugissait de rire.) Il a toujours ses deux colts sous la soutane.

— Des colts! fit Malko suffoqué. Mais c'est un faux jésuite?

Khalil n'en pouvait plus de rire.

— Pas du tout. Il a même dit la messe ce matin avant de partir. Dans l'église, il les enlève. C'est un homme énergique qui n'a peur que de Dieu et il vit dans une région où les gens sont violents. Chez nous, dans la montagne, quand on dit que quelqu'un est mort de mort naturelle, c'est qu'il a été tué d'un coup de fusil... Alors le Père, qui fait de la politique, est parfois obligé de se défendre.

— Il a déjà tué des gens?

— Jamais dans le dos, affirma Khalil. Et jamais dans une église.

C'était encore une chance!

— Il n'a pas d'ennuis avec ses supérieurs?

Le Libanais secoua la tête :

— Non. Son dévouement à la cause chrétienne est connu. Il porte la bonne parole dans les villages musulmans les plus fanatiques et c'est le seul à le faire.

L'étrange jésuite avait disparu. Malko se dit qu'il devait distribuer plus d'extrêmes-onctions que de baptêmes.

— On s'accorde à dire que c'est une fine gâchette, dit Khalil Jezzine. Il m'aime bien car je paie pour ses campagnes électorales. Il me doit un peu son siège de député.

— Il est *toujours* armé?

Khalil Jezzine approuva :

— Toujours. Il a tant d'ennemis.

Il prit Malko par le bras et le tira vers la
Rolls :

— Le champagne nous attend. Mouna m'a dit
qu'elle vous avait vu hier soir au *Club*. Elle a été
sage, au moins?

Malko se demanda ce que savait réellement le gros
Libanais. Ses yeux bleus étaient imperturbables, et
il avait retrouvé tout son entrain depuis la mort
de Harry Erivan. Malko avait encore les flancs
griffés par les mains de Mouna qui avait visiblement
à cœur d'oublier Katia. Il avait en tout cas fait
tout ce qu'il pouvait pour la remettre dans le droit
chemin.

— Je pense qu'elle avait hâte que vous rentriez.

La Rolls descendit la rue Allenby et s'engagea
rue du Port, suivant la mer, en roulant très lentement. C'est Béchir, le montagnard qui était au volant.

— Buvons à notre succès, dit Khalil Jezzine.

Une bouteille de Dom Pérignon reposait dans
un seau sur la plaquette d'acajou. Le Libanais
remplit les verres.

Malko trempa ses lèvres dans le liquide glacé et
pétillant en se disant qu'il l'avait bien mérité. Jus-
que-là, son séjour à Beyrouth avait plutôt été épui-
sant.

*
* *

Le lieutenant-colonel Youri Davoudian en était
à son sixième cognac. Et pas du cognac soviétique
qui faisait des trous dans l'estomac, mais du vrai

Hennessy, venu de France par avion. Le barman du *Duke of Wellington* surveillait du coin de l'œil. C'est la première fois qu'il voyait le Russe boire de cette façon. Il faut dire que Youri Davoudian avait des raisons. Une heure plus tôt, il avait reçu un câble chiffré du KGB de Moscou lui précisant qu'il n'était pas question de renoncer à l'élimination de Khalil Jezzine si celui-ci s'obstinait à signer l'accord sur les Boeings avec les Chinois... Harry était mort et Katia en Arabie Séoudite ou en Jordanie...

Bien sûr, il pourrait toujours prétendre ne pas avoir été au courant de la signature. Mais il savait ce que cela signifiait pour lui : le rappel immédiat à Moscou et la nomination à un poste obscur de bureaucrate. Fini la belle vie à Beyrouth.

Mais d'un autre côté, s'il se dévouait pour abattre lui-même Khalil Jezzine, cela ne valait guère mieux... Au pire, il serait fait héros de l'Union soviétique à titre posthume et au mieux passerait quelques années dans une prison libanaise... Il leva les yeux et aperçut le visage faussement indifférent d'un journaliste anglais de sa connaissance, un moustachu au mieux avec les Palestiniens. Si bien que ceux-ci, lors de l'arraisonnement des avions de Zarka lui avaient proposé d'assurer le reportage en direct de toute l'opération...

L'homme du KGB pensa soudain à une petite phrase qu'il avait lue dans le dossier établi sur Khalil Jezzine. Empoignant son verre encore à demi plein, il pivota sur son tabouret et fonça vers la table. L'Anglais parvint à faire semblant de l'apercevoir seulement.

— Quelle bonne surprise, mon cher, dit-il. Comment vont ces bons avions de l'Aéroflot?

— Ça vole, ça vole, dit gaiement Davoudian.

Il se laissa tomber à côté de l'Anglais, but un peu de cognac et dit pensivement :

— C'est amusant que vous soyez justement là. J'ai peut-être une information qui pourrait intéresser vos amis.

CHAPITRE XVI

Khalil Jezzine se retourna et regarda l'enseigne à demi effacée portant son nom. Le soleil brillait sur la rue Allenby, les marchands ambulants lançaient leurs appels, la foule grouillait joyeusement et le gros Libanais se sentait enclin à l'optimisme. Dans quelques heures, il pourrait enfermer dans le coffre de sa banque le premier contrat pour les trente Boeings 707.

Il était fier d'y être arrivé à partir de cette petite maison minable du quartier commerçant de Beyrouth. Les Libanais, n'avaient pas besoin de buildings de verre et d'acier pour gagner de l'argent. Il se tourna vers Malko avant de monter dans la Rolls-Royce :

— Voyez-vous, mon cher, je suis superstitieux, c'est pour cela que je n'ai jamais voulu émigrer au *Starco*.

Malko monta à son tour dans la voiture qui démarra immédiatement et tourna à gauche. Dans cinq minutes, ils seraient au *Saint-Georges*. Où les Chinois devaient déjà attendre. Malko n'était là qu'à titre privé, pour faire plaisir à Khalil Jezzine. Le rôle de la CIA était officiellement terminé. Chris

Jones et Milton Brabeck avaient repris l'avion.

La Rolls avançait majestueusement dans la circulation intense de la fin de matinée. Comme si
toutes les voitures avaient voulu se rendre en
même temps au *Saint-Georges*.

∴

Jerry Cooper regarda sa montre et commanda
un autre porto. Le barman du *Saint-Georges* les
servait dans des dés à coudre. Il en était à son
quatrième.

Une heure et quart. Khalil Jezzine aurait dû
être là depuis vingt bonnes minutes. Raides et
austères, les Chinois de la délégation étaient déjà
à table, avec une place vide au milieu pour le Libanais, déclinant toutes les offres d'apéritifs. Bien
en vue, l'un d'entre eux affichait le petit livre rouge
des Pensées de Mao.

L'homme de la CIA s'arracha de son fauteuil
pour la troisième fois afin d'aller téléphoner au bureau de Khalil Jezzine où on allait lui répondre une
fois de plus que le Libanais était parti depuis longtemps. Or, il fallait moins de dix minutes pour
venir de la rue Allenby. Jerry Cooper pensa à prendre sa voiture, mais la rue Georges Picot était à
sens unique et ils risquaient de se croiser. Il
essaya d'imaginer tout ce qui avait pu arriver. Une
crevaison, une panne, un accident. Sur une aussi
courte distance, cela semblait impossible...

Le téléphone était occupé et il revint à sa place.
Les Chinois échangeaient quelques mots, impassibles
mais prodigieusement étonnés. Ponctuels comme
des coucous, ils ne comprenaient pas. Jerry tira

un grand mouchoir de sa poche et s'essuya le front
d'un geste machinal, ce qui ne calma pas les cris-
pations de son estomac tordu par l'angoisse.

Il guignait les Chinois du coin de l'œil, s'attendant à chaque instant à les voir se lever, mourant
d'envie d'aller les rassurer. Il se força à boire quelques gorgées de son porto et à dévisager une fille
déshabillée par une jupe portefeuille ouverte jusqu'à la hanche, mais le cœur n'y était pas. A chaque
bruit de voiture, il sursautait, tout en sachant que
la Rolls était parfaitement silencieuse.

*
* *

La Rolls-Royce allait redémarrer au feu rouge
en face de l'hôtel *Byblos* quand la fille s'avança
sur la chaussée en agitant joyeusement le bras. Malko
n'eut le temps d'enregistrer qu'une image brève.
Un immense chapeau noir, très style Dolce Vita,
d'énormes lunettes de soleil, un gros sac de voyage
en crocodile. Et une silhouette fine et élégante
avec un tailleur de bonne coupe et des jambes
gainées de noir. La jeune femme surgit devant le
capot de la Rolls, souriante. Instinctivement, le
chauffeur freina pour ne pas l'écraser. Malko vit
le Libanais froncer les sourcils et se dit qu'il ne
devrait pas prendre des maîtresses aussi voyantes.

Déjà, la fille ouvrait la porte et sautait à côté
du chauffeur.

— Mais...

Khalil Jezzine s'était penché en avant, avec un
regard interrogateur pour Malko. Ce dernier comprit instantanément. L'autre croyait qu'il connaissait l'intruse.

— Je ne la connais pas, se hâta-t-il de dire.

La conversation s'arrêta là. La jeune femme se retourna à demi vers eux. Malko remarqua le menton volontaire et la bouche mince. Puis elle plongea la main dans son sac et la ressortit, tenant une grenade quadrillée.

Gracieusement, elle laissa pendre cette main par dessus la banquette, presque sur les genoux de Khalil Jezzine. Le Libanais parut transformé en un bloc de gélatine. Jamais Malko n'avait vu une telle expression de stupéfaction sur un visage humain.

— Ceci est une grenade dégoupillée, annonça la jeune femme d'une voix douce et presque inaudible. Si vous ne faites pas ce que je vous ordonne, je la laisse tomber et nous sautons tous. Au cas où vous ne me croiriez pas, voici la goupille.

De l'autre main, elle brandit une petite tige métallique noirâtre. Malko n'avait pas eu besoin de cela pour voir qu'elle disait la vérité. Et il n'avait même pas son pistolet super-plat! D'ailleurs, il n'aurait pas pu s'en servir. Qui était cette inconnue? Et que voulait-elle?

Le feu venait de repasser au vert, mais, terrorisé, le chauffeur ne bougeait pas. Derrière eux, les voitures commencèrent à klaxonner furieusement. Un policier, un peu plus haut dans la rue Chebli, leur fit de grands signes. Khalil semblait avoir perdu la voix. Malko reprit son sang-froid.

— Que voulez-vous? demanda-t-il.

— Descendez, fit la fille. Tout de suite.

Comme il n'obéissait pas assez vite, il vit sa main se détendre légèrement autour de la cuillère de la grenade. Ou elle bluffait, ou elle se préparait à les faire sauter. Comme pour le confirmer, elle annonça soudain :

— Je suis une combattante palestinienne et je n'ai pas peur de la mort. Je vous donne cinq secondes pour sortir de cette voiture.

A trois, Malko ouvrit la portière. Aussitôt, il entendit la Palestienne dire quelque chose en arabe au chauffeur et la voiture redémarra, tournant à gauche dans la rue Chebli, en direction du haut de la ville. Dans la direction opposée à celle du *Saint-Georges* où les Chinois attendaient...

Incompréhensible. Que venaient faire les Palestiniens dans cette galère?

Malko partit en courant dans la descente de la rue Chebli, vers le *Saint-Georges.* Etourdi par cette nouvelle catastrophe. Comment allait-on expliquer aux Chinois la disparition de Khalil Jezzine?

CHAPITRE XVII

Khalil Jezzine avait l'impression que son cœur cherchait à s'échapper de sa poitrine à chaque battement. La bouche ouverte comme un poisson hors de l'eau, il transpirait à grosses gouttes. Son ventre était tordu de peur, il grelottait, ses aisselles coulaient. Assis sur un étroit tabouret qui soutenait à peine sa masse impressionnante, il promena un regard affolé sur la pièce où on l'avait amené.

Des débris de roquettes israéliennes étaient alignées contre le mur, sous des affiches naïves exaltant la résistance palestinienne. En face de Khalil, une immense photo représentait les avions détournés de Zarka en train d'exploser...

La jeune femme qui avait mené l'enlèvement, dépouillée de ses lunettes, et de son élégant déguisement, vint se planter en face de lui. Avec sa tenue militaire olive et ses cheveux courts, elle avait l'air d'un homme. Sauf pour les mains, aux ongles longs et soignés.

Des hommes, pas rasés et souvent armés, entraient et sortaient sans arrêt. Sur un signe de la jeune femme, un gnome répugnant ne mesurant pas plus d'un mètre cinquante-cinq, qui ressemblait à un crapaud, avec un visage visqueux, des yeux globuleux et des mains décharnées s'approcha de Khalil Jezzine. Il tira de sa poche un énorme couteau à cran d'arrêt qu'il ouvrit. Puis il piqua légèrement la cuisse de Khalil Jezzine.

— Lève-toi, ordure.

Il prit le Libanais par le bras et le mena à la fenêtre.

— Regarde.

D'abord Jezzine ne vit qu'un bidonville marécageux. Puis il aperçut sa Rolls-Royce, entourée par plusieurs Palestiniens en uniforme. La femme, derrière lui, cria un ordre. Aussitôt les Palestiniens commencèrent à s'acharner sur la voiture. D'un coup de crosse de fusil automatique, l'un d'eux fit voler le pare-brise en éclats! D'autres arrivèrent et se mirent à frapper la voiture, à briser les glaces, à défoncer la carrosserie, à taillader les pneus.

Khalil poussa un cri désespéré. Il avait l'impression que c'était lui qu'on frappait?

— Mais ils sont fous! cria-t-il. Je le dirai à la police.

La femme et le gnome éclatèrent de rire derrière lui.

— La police! Mais tu es à Sabra ici! Même la brigade 16 n'ose pas venir, fit la femme.

Effondré, Khalil Jezzine n'arrivait pas à détacher les yeux de la Rolls. Le quartier de Sabra était depuis des mois une enclave palestinienne dans Beyrouth. La police libanaise n'y venait jamais. Peu à peu les Palestiniens avaient repoussé les Libanais, achetant leurs commerces, et créé une ville dans la ville, autour de leurs misérables camps-bidonvilles. Ils avaient des armes lourdes, et personne ne songeait à les déloger.

Souvent déjà, ils avaient enlevé des opposants à la
lisière du quartier et on ne les avait jamais revus.

Là-bas, la Rolls, n'était plus qu'une carcasse
méconnaissable. Des gosses s'étaient faufilés à l'intérieur et emportaient tout ce qu'ils pouvaient arracher. A coups de masse, un Palestinien s'acharnait
sur le moteur, à travers le capot défoncé. Soudain,
tous reculèrent. Un gamin de treize ans s'appro-
chait avec une bouteille d'essence. Il alluma le
chiffon qui l'entourait et la jeta sur la voiture.
En quelques secondes ce qui restait de la Rolls ne
fut plus qu'un brasier.

Khalil, écœuré de cet acte de vandalisme gra-
tuit, gémit :

— Mais c'est idiot, vous auriez pu la vendre!

— Non, dit gravement la fille. Ta voiture était le
symbole du monde contre lequel nous luttons. Elle
devait être détruite. On ne vend pas les symboles.
Et si tu n'avoues pas, tu seras bientôt détruit
comme elle.

— Mais qu'est-ce que je vous ai fait? protesta
Khalil Jezzine.

La fille lui envoya un grand coup de pied dans
les tibias.

— Chien! Tu vends de l'eau aux Juifs. Tu fais
de l'or avec notre malheur. On devrait te tuer tout
de suite.

Khalil la regarda sans comprendre :

— De l'eau aux Juifs? Qu'est-ce que c'est que
cette histoire? Je suis un Arabe comme vous.

— Il y a aussi des Arabes traîtres, fit la Palestinienne d'un ton doctrinal. Pour cette fois, on va
seulement t'échanger contre beaucoup d'argent.
Mais si tu continues, on te tuera.

Depuis l'arraisonnement de la Rolls, en plein
centre de Beyrouth, Khalil Jezzine savait que tout
était possible. Il pensa aux Chinois. Qu'allaient-ils
dire? Le sort de sa Rolls l'avait bouleversé. Tout
doucement, il se mit à pleurer. Le gnome s'approcha
et sortit de sa ceinture son énorme coutelas, qu'il
fit miroiter devant le visage blafard de Khàlil Jezzine.

Plein de méchanceté, il grinça :

— Si tu n'es pas sage, je vais te couper les
oreilles et t'ouvrir le ventre.

Comme pour appuyer ses paroles, il piqua légèrement dans le gras du bras et le Libanais hurla
d'une voix de fausset. Il maudissait Malko et les
Américains qui avaient cru tout danger écarté.
Mais ne comprenait pas ce que venaient faire les
Palestiniens dans cette galère. Une femme entra
dans la pièce, un bébé dans les bras et un para-
bellum à la ceinture. Elle jeta un regard plein de
mépris à Khalil.

*
* *

Malko essoufflé, les poumons en feu, pénétra
comme une trombe dans le bar élégant du *Saint-
Georges*. En dépit de son poids, Jerry Cooper s'en-
vola littéralement de son fauteuil. Etant donné la
tête de Malko, il n'y avait pas beaucoup d'illusions
à se faire sur les nouvelles.

— Ils l'ont enlevé, fit celui-ci. Une femme avec
une grenade.

— Qui? rugit l'Américain.

— Je n'en sais rien.

Jerry courait déjà vers le téléphone. Soudain, un

homme fit irruption dans le lobby : Béchir, le chauffeur de Khalil Jezzine. Reconnaissant Malko, il
courut vers lui.

Les deux hommes se précipitèrent. Le chauffeur
était encore tremblant. Il fallut le secouer pour
en sortir quelque chose d'intelligible.

— Les fedayins, murmura-t-il. Ils l'ont emmené
à Sabra. Ils veulent une rançon ou ils vont le tuer.

Les fedayins! C'était incompréhensible. Le chauffeur tendit un morceau de papier à Malko.

— Il faut que vous appeliez ce numéro.

Malko prit le bout de papier et sursauta. Il y
avait un numéro de téléphone et un nom : Leila
Khouzy.

Leila, la Passionaria! Malko revit la longue tuni-
que de soie rouge, pudique et transparente à la
fois. Pourquoi cette fille se mêlait-elle de cette histoire? Avant tout, il fallait s'occuper des Chinois,
puis retrouver le gros Libanais.

— Contactez Elie, dit-il à Jerry Cooper, je
m'occupe des Chinois.

Il fila dans la salle à manger. Lugubres et raides
comme des piquets, les douze Chinois regardaient
leurs voisins s'empiffrer d'un œil atone. Eux n'avaient
pas même demandé un verre d'eau. Malko s'approcha du plus âgé et se pencha à son oreille.

— Je suis un ami de M. Jezzine.

Le Chinois tourna vivement la tête et se leva,
considérant Malko avec méfiance.

— Qui êtes-vous? Où est M. Jezzine? demanda-
t-il dans un anglais parfait.

Malko n'eut pas à se forcer pour prendre l'air
ennuyé.

— Il se passe quelque chose de très fâcheux,

dit-il. M. Jezzine vient d'avoir une crise cardiaque
en venant vous voir. Nous l'avons fait transporter
à l'hôpital *Saint-Georges* à Ashrafieh dans le service de réanimation.

Le Chinois sembla se ratatiner. Ses yeux papillotèrent furieusement.

— Une crise cardiaque! Mais c'est très grave.

Malko voulut le rassurer.

— Pas trop, j'espère. M. Jezzine en a déjà eu.
Mais il va avoir besoin de quarante-huit heures
de repos absolu. Bien entendu. Nous nous excu-
sons de ce contretemps. M. Jezzine m'a demandé
de vous inviter en son nom.

Le Chinois eut l'air très choqué.

— Non, ce n'est pas possible. Il va falloir que
je demande des instructions à Pékin. C'est très
ennuyeux...

Malko se confondit encore en excuses puis abandonna les Chinois. Ceux-ci, avec un ensemble
parfait, se levèrent de table et quittèrent la salle
à manger. Sans avoir déjeuné.

Jerry Cooper sortait de la cabine téléphonique
quand Malko arriva.

— Nous allons au QG de l'armée libanaise, dit-
il. Le colonel Suleiman va nous recevoir.

*
* *

Elie Nabatie les attendait à la grille du *Casino*.
Le QG évoquait plus la direction d'une grande
affaire qu'une machine de guerre, avec un gigan-
tesque œuf blanc, dôme de la salle de conférence.
A part les sentinelles, on aurait pu se croire chez
IBM.

Ils prirent un ascenseur ultra-moderne jusqu'au troisième étage. Le bureau du colonel était au fond, avec d'immenses baies dominant Beyrouth. Avec sa calvitie et ses yeux malins, il fut tout de suite sympathique à Malko. Le regard qu'il jeta à sa secrétaire en mini en dit plus à Malko sur son état d'esprit que de longues explications. C'était un homme qui aimait les femmes. Donc, le contraire d'un robot.

— Alors, vous avez de nouveaux problèmes? dit-il à Jerry Cooper.

L'Américain résuma la situation et parla de Leila Khouzy. L'officier libanais fit la grimace... Quand Malko lui raconta le rapt, il grommela.

— Ah, les maquereaux...

On apporta l'éternel café à la cardamome. Malko était démonté par le calme du Libanais.

— On doit pouvoir retrouver rapidement un homme de l'importance de Khalil Jezzine, dit-il. C'est quand même *votre* ville...

— Les maquereaux! répéta le colonel, ils savent bien que nous ne pouvons pas aller à Sabra.

— Quoi!

— Eh non... Cela déclencherait la guerre civile. Nous leur avons abandonné ce quartier au nom de la cause arabe. C'est dommage, mais c'est ainsi. Ce sont des maquereaux, je vous le dis. Un jour, le Président va faire descendre ses montagnards et liquidera tout cela, mais en attendant, je ne peux rien.

— Vous voulez dire que si je vous apprends où est Khalil Jezzine, kidnappé devant moi, la police ne pourra rien faire...

Le colonel sourit.

— Si. Comme vous m'êtes sympathique, je pourrais aller moi-même à titre privé demander s'ils
veulent bien le rendre.

Jerry et Malko se regardèrent. Il n'y avait plus
qu'à se débrouiller tout seuls. Le colonel se frotta
les mains l'une contre l'autre.

— Bien entendu, si vous prenez d'assaut un local
occupé par des Palestiniens c'est votre affaire. Je
ne pense pas que la police intervienne. Et aucun
Libanais ne vous le reprochera...

Le colonel les raccompagna jusqu'à l'ascenseur.
Elie repartit avec Jerry et Malko.

— Il y a peut-être quelque chose à faire, suggéra-
t-il. Je connais bien Sabra. Je peux aller avec vous
et tenter de savoir où on l'a emmené. Mais pas
avec M. Cooper, il est trop connu...

— J'y vais, dit Malko à Jerry Cooper.

Jerry monta dans son Alfa-Roméo, accompagné
de Malko. En descendant l'avenue de Damas, il dit
soudain :

— Je me demande pourquoi les Palestiniens sont
intervenus. Si le colonel pouvait vous aider, il le
ferait. Mais à Sabra, c'est impossible.

.·.

L'Alfa cahotait dans une ruelle encombrée d'une
humanité grouillante et sale. C'était le cœur de
Sabra. Les passants dévisageaient la voiture d'un
air hostile. Un gamin avait même jeté une pierre.
Trois hommes sortirent de sous une porte et firent
signe d'arrêter. Elie obéit aussitôt et baissa sa
glace.

Malko vit les mitraillettes sous les imperméables

quand ils s'approchèrent. Il y eut une courte discus-
sion en arabe, puis il firent signe à Elie de continuer.

— C'est la milice palestinienne, expliqua le Libanais. Ils quadrillent le quartier. Mais ils me connaissent. Et personne ne veut se mettre mal avec le
colonel Suleiman.

Cent mètres plus loin ils stoppèrent sur une
petite place et continuèrent à pied, dans une rue
étroite qui débouchait sur une avenue assez large.
En face d'eux, il y avait un terrain vague avec un
bâtiment décrépit accoté à un énorme bidonville.
Elie fit entrer Malko dans un petit restaurant qui
faisait le coin. Ils s'installèrent à une table près
de la paroi vitrée. Aussitôt, un garçon vint vers
eux avec une carte. Elie et lui bavardèrent longuement comme pour choisir le menu, puis le garçon
s'éloigna.

— Vous voyez la maison en face en mauvais
état, dit Elie. Khalil est là, ils ont brûlé sa Rolls-
Royce dans le bidonville. C'est la permanence d'un
groupe extrémiste palestinien. Malko examina l'immeuble décrépit.

— Ils sont nombreux?

Elie caressa son nez camus.

— Ça va et ça vient. Une douzaine armés, en
tout cas.

— Comment savez-vous tout ça?

Elie sourit, modeste.

— Le garçon. C'est un des informateurs. Il est
Druse et il n'aime pas les Palestiniens.

» Je ne peux pas vous aider directement, se
hâta d'ajouter Elie. C'est un peu délicat... Mais si
vous attaquiez tout de suite, il y a une chance de

les prendre par surprise. Maintenant, je dois vous laisser. Vous prendrez un taxi pour revenir. Quand je serai parti, allez téléphoner d'un autre café et revenez ici. Ce café n'a pas le téléphone.

En silence, ils burent leur eau minérale et leur Pepsi-Cola. Puis Elie se leva et sortit le premier

*
*

— Regardez, c'est lui...

Derrière les vitres sales de la fenêtre du premier étage, Shadia, la Palestinienne qui avait dirigé le kidnapping désignait Malko en train de traverser la rue. Le responsable de la permanence fronça les sourcils. Comment un étranger avait-il pu trouver si vite leur retraite?

— Shadia, vous avez été suivis?

— Non, affirma la Palestinienne. Je ne comprends pas.

Dans la pièce voisine, le gros Libanais continuait à pleurnicher, à la crapaudine, sur son tabouret.

Shadia regarda Malko ouvrir la porte d'un café sur l'avenue Nazraa. D'une voix sèche, elle appela le gnome qui surveillait Khalil Jezzine.

*
*

Malko poussa la porte du bistrot. Cela sentait le yogourt rance et le charbon de bois. Une douzaine d'hommes jouaient aux cartes ou bavardaient. Il aperçut le téléphone sur le comptoir et, par geste, demanda à téléphoner. Le patron lui fit signe de prendre l'appareil.

La porte s'ouvrit derrière lui. Deux Arabes entrè-

rent. L'un dit quelque chose au patron. Aussitôt, ce
dernier mit la main sur le téléphone.

— Ça ne marche pas, dit-il en mauvais français.

C'était si visiblement faux que Malko sentit le
danger. Tous les consommateurs s'étaient mis à le
fixer. Il pouvait à la rigueur s'emparer du téléphone, mais s'il tournait le dos à la salle il était
certain de recevoir un coup de couteau.

Lentement, il recula vers la porte.

Dehors, il se heurta à un être minuscule, avec
un visage torturé et blafard de Pierrot syphilitique.
Il allait s'en écarter quand il sentit une piqûre au
côté droit. Il baissa les yeux.

L'avorton lui enfonçait la pointe d'un long couteau entre les côtes. Il cracha une injure en arabe
et poussa Malko contre le mur. Quelques passants
s'arrêtèrent· sans intervenir. L'homme qui accompagnait l'avorton se rapprocha à son tour. Pas rasé,
avec un col roulé, il était rien moins que rassurant.

— On devrait te couper la gorge, dit-il, en anglais, parce que tu es un sale espion à la solde des
Américains. Mais nous ne voulons pas salir notre
cause. Alors tu vas foutre le camp. Et si on te
revois par ici, on te coupe les couilles.

L'avorton cracha sur les chaussures de Malko,
avec une haine méprisante. L'autre siffla entre ses
doigts et un vieux taxi Mercédès stoppa. L'avorton
poussa Malko dedans et dit quelque chose au chauffeur. Ce dernier démarra comme une fusée. Malko
vit disparaître derrière lui la permanence où les
Palestiniens retenaient Khalil Jezzine.

CHAPITRE XVIII

La princesse Leila Khouzy dit en détachant les mots :

— Je vous attends dans une heure chez moi.

Elle raccrocha avant que Malko ait pu placer un mot. Il bouillait de rage. Après l'humiliation subie chez les Palestiniens, c'était le comble. Ils se conduisaient vraiment en pays conquis.

— Il faut y aller, fit Jerry Cooper. Ces cons-là sont capables de n'importe quoi...

Le patron de la CIA à Beyrouth se rongeait les ongles sans rien dire. Lui aussi, il se sentait des envies de meurtre. Plus question d'attaquer la permanence de Sabra. L'effet de surprise était plutôt manqué. A tout hasard, Malko avait appelé Mouna qui était tombée des nues. Elle ignorait même que Khalil ait été enlevé. Et ne semblait pas en faire une maladie. Cette fois, elle semblait bien n'être pour rien dans cette nouvelle complication.

Ils se trouvaient dans les bureaux « officiels » de Jerry, au cœur du nouveau centre commercial de *Gefinor*, dans un building d'acier et de verre. A moins d'un mille à vol d'oiseau des bidonvilles de Sabra.

— Un jour, il faudra balayer cette vermine au
lance-flammes, grogna Jerry Cooper. Même si on
crie au génocide.

Malko se leva.

— Allons-y.

Jerry prit un colt 45 automatique dans le tiroir
de son bureau, fit monter une balle dans le canon
et le glissa dans sa ceinture. Avec ses cent vingt
kilos, il était plutôt redoutable...

.*.

La Buick roulait doucement le long de l'avenue
Camille Chamoun, en réalité autoroute de dégage-
ment pour le sud de Beyrouth. Elle coupait un
quartier de buildings modernes habités par des
étrangers, séparés par d'énormes terrains vagues.
A travers le béton, on apercevait la mer.

Sur la droite, Malko vit un stade de sport aux
proportions imposantes. Ils étaient déjà à vingt
minutes du centre de Beyrouth.

— Voilà la maison, annonça Jerry Cooper.

Tout de suite après le stade, se dressait une
immense bâtisse rouge au milieu d'un parc en friche, avec de grandes terrasses encerclant le rez-de-
chaussée. La plupart des volets de bois étaient fermés et la maison semblait abandonnée.

Jerry ralentit : l'autoroute Chamoun croisait la
route de l'aéroport. Il tourna à gauche et revint
sur ses pas. De l'autre côté de la route, il y avait
un immense bidonville blotti dans un bois de
cèdres. Charmant spectacle... l'Américain stoppa de
l'autre côté de la maison. Dans le jardin en friche,
Malko aperçut deux jeeps, avec des hommes vague-

ment habillés en soldats, hérissés de mitraillettes.

La Princesse Khouzy était bien gardée.

L'Américain stoppa et descendit avec lui. Dès qu'ils franchirent la grille, plusieurs hommes armés, les entourèrent. Jerry s'expliqua avec eux en arabe. Fronçant les sourcils, il se tourna vers Malko.

— Vous y allez seul. Ordre de la Princesse. Et encore ils vont vous fouiller.

Un des Palestiniens palpa Malko sur toutes les coutures. Beaucoup plus efficacement qu'Houry. Ensuite, il lui fit signe de passer.

— Je vous attends dans la voiture, fit Jerry, la voix tremblante de rage.

Malko grimpa le perron. L'architecte qui avait construit cette demeure devait être légèrement mégalomane... Le perron monumental éclipsait celui de Versailles. Essoufflé, Malko s'arrêta devant une porte de huit mètres de haut. On aurait pu entrer à dos d'éléphant et en haut de forme, sans se baisser. Il appuya sur le bouton de la sonnette.

Au moment où il allait repartir, la porte s'entrouvrit sur un visage fripé de vieille Arabe.

Sans mot dire, elle fit entrer Malko. L'intérieur sentait le moisi et le pétrole. Sur la gauche, des enfilades de salons donnaient le vertige. Il devait falloir quatre mille personnes pour qu'on commence à sentir un peu de chaleur humaine dans ce « palais »...

La vieille trottina devant Malko et l'introduisit dans un salon qui aurait facilement contenu la gare Saint-Lazare avec tous ses aiguillages. Etrangement meublé de meubles Louis XV incrustés de nacre à la mode arabe et recouverts de velours bleu. Inattendu, du Louis XV syrien. Un étonnant lustre bleu pendait au milieu de la pièce.

Aussitôt la servante disparue, un serviteur noir drapé majestueusement dans un kaftan soudanais déposa devant Malko un plateau à thé. Le service était incrusté d'or massif et les serviettes brodées du même métal. La Princesse Khouzy était décidément une révolutionnaire qui savait vivre. Bien que l'existence dans ces pièces glaciales et lugubres n'ait que peu d'attrait pour Malko. Il pensa avec nostalgie aux boiseries de son château en Autriche. Enfin, ce plateau était de bon augure : on n'offre pas le thé aux gens qu'on va assassiner.

Il entendit des pas sur le dallage, et la Princesse apparut, vêtue d'une stricte robe noire descendant au-dessous du genou, les cheveux tirés, les traits figés. Rigide et glaciale. Elle lui tendit la main, qu'il baisa.

— Je ne pensais pas vous retrouver dans ces circonstances, dit-il. Vous enlevez souvent vos amis?

Fixant sur Malko un regard à geler un iceberg, elle laissa tomber :

— Khalil Jezzine n'est pas mon ami. C'est un être veule, corrompu et jouisseur. Et un traître par-dessus le marché que nous devrions liquider. Seulement nos enfants ont faim dans les bidonvilles et il nous faut de l'argent. Nous savons que les services américains s'intéressent à lui.

— Comment?

La Princesse eut un sourire venimeux.

— M. Cooper est le chef de la CIA à Beyrouth. Il vous attend dehors dans sa voiture... Donc, si vous voulez revoir Khalil Jezzine vivant, vous nous verserez un million de dollars. En lingots d'or, sur la base de quarante-deux dollars l'once.

Malko eut du mal à garder son calme.

— Un million de dollars, dit-il lentement, mais c'est une somme énorme!

Leila Khouzy tourna le thé dans sa tasse.

— Rien ne vous force à la payer. D'autres combattants palestiniens viennent d'obtenir cinq millions contre un Jumbojet. Si vous refusez, Khalil Jezzine passera devant un tribunal populaire qui le condamnera à mort.

— Puisque vous savez déjà qu'il va être condamné à mort, remarqua Malko, pourquoi le juger?

Elle haussa les épaules, agacée.

— Nous ne voulons pas l'assassiner sans jugement. Je dis qu'il sera condamné à mort parce que son crime mérite la mort.

— Qu'a-t-il fait?

Elle serra les lèvres et laissa tomber avec un mépris indicible :

— Il a vendu de l'eau aux Juifs.

» Jezzine possède des terres à la frontière de l'État usurpateur. Traversées par une rivière importante. Contre paiement d'une redevance, il a permis aux Juifs de détourner cette eau par un canal souterrain. Avec cette eau volée aux Arabes, les Juifs irriguent les terres volées aux Arabes! Vous trouvez que cela ne mérite pas la mort?

Malko était perplexe. Qui avait dévoilé à point nommé la turpitude de Khalil Jezzine? Cela sentait l'intox russe à tout va.

— Vous êtes certaine de ce que vous avancez?

Elle en renversa presque sa tasse de thé.

— Absolument. Nous avons déjà fait sauter la dérivation clandestine avec une charge d'explosifs. Et les Juifs ont tiré sur nous. Comme s'ils se croyaient chez eux.

Son indignation l'empêcha de remarquer le trouble de Malko. Il maudissait l'avidité du Libanais. Dans quelle galère avait-il été se fourrer?

— Qui vous a appris cela? demanda-t-il.

— Nous avons un service de renseignements efficace.

Malko but une gorgée de thé pour se donner le temps de réfléchir. La Princesse tapotait nerveusement le bras de son fauteuil.

— Alors? Vous acceptez de payer la rançon? Je dois avoir une réponse.

— Nous paierons, dit Malko. Mais il faut un délai. Il s'agit d'une somme très importante.

— J'accepte d'attendre jusqu'à après-demain matin, dit Leila Khouzy.

Elle se leva et salua Malko d'un signe de tête. C'était une des plus dangereuses fanatiques qu'il ait jamais rencontrées. En dépit de sa fortune, et de son palais délabré. Il remarqua dans la pièce voisine un énorme poster de Che Guevara.

— Où est Khalil Jezzine? demanda Malko.

— Dans ma cave. Même s'il reste deux jours sans manger, il n'en mourra pas, n'est-ce pas? fit-elle pleine d'ironie. Téléphonez-moi demain pour que nous fixions les modalités de l'échange.

Malko se retrouva sur le perron monumental. Jerry Cooper faisait les cent pas de l'autre côté de la grille.

*
* *

— Il n'est pas question de payer un million de dollars, dit fermement Jerry Cooper. Sinon, dans les trois jours, les Palestiniens vont enlever notre ambassadeur et réclamer dix millions.

Malko but une gorgée de vodka pour s'éclaircir
l'esprit : le bourdonnement du *Club* lui vidait le
cerveau.

— Je suis certain qu'ils vont exécuter Jezzine si
nous ne payons pas, dit-il. Etes-vous prêt à cela?

Un ange aux ailes jaunes passa. La situation
n'était pas brillante. Jerry Cooper avait immédiatement prévenu Washington qui refusait de payer
la rançon. Et il n'y avait pas d'autre moyen de récupérer Khalil Jezzine. Pas question d'attaquer le
palais de la Princesse. Cela serait un nouveau Ver-
dun à l'échelle libanaise.

Elie Nabatie qui assistait à la conversation ne
voyait pas non plus de solution en dehors du paiement de la rançon.

Les trois hommes contemplaient leurs verres,
moroses, indifférents aux jolies femmes qui évoluaient autour d'eux. Malko eut soudain une illu-
mination.

— Il y a quelqu'un qui pourrait nous aider.

— Qui?

Jerry Cooper s'en était coincé un glaçon dans le
gosier.

— Le père Doury, l'ami de Khalil Jezzine. Il lui
est, paraît-il, très dévoué. Mais j'ignore où le joindre.

— Je sais où le trouver, dit Elie, voulez-vous que
j'essaye?

— Et comment! fit Jerry.

Malko revoyait l'étrange jésuite de choc. Après
tout, pourquoi pas? Elie se leva et partit téléphoner. Quand il revint une lueur gaie flottait dans
ses petits yeux.

— Le père Doury vous attend demain dans son
bureau du *Starco*, annonça-t-il.

.:.

— Cette femme est l'Antéchrist, laissa tomber
d'une voix posée le père Doury. Il faut la détruire
par le fer et le feu. Et sauver cet homme de bien
qui se trouve entre ses griffes.

Avec son bouc et ses yeux brûlants, le jésuite
évoquait plus un satyre 1900 qu'un homme de Dieu.
Il se leva, fit le tour du bureau, sourit distraitement
et passa ses mains sur sa soutane élimée. Ses yeux
brillaient d'un éclat sauvage.

— Nous allons sauver Khalil, annonça-t-il, et
donner une bonne leçon à ces mécréants. Dieu est
avec nous.

Cela, Malko n'en avait jamais douté, mais pour
l'instant, il se montrait un allié peu actif.

— Vous avez un plan, demanda-t-il?

— J'ai mieux, mon fils, fit le jésuite : Dieu et
quelques amis sûrs. Voici ce que vous allez proposer à ces gens : l'échange aura lieu après-demain
dimanche dans l'église du village de Bar Youssef.
Qu'ils nous amènent Khalil sous bonne garde dans
l'église. Je m'occuperai du reste.

— Mais nous n'avons pas l'intention de l'échanger, protesta Malko.

Le jésuite le regarda avec commisération :

— Bien entendu. Sinon vous n'auriez pas besoin
de moi... N'ayez crainte, je ne suis pas devenu fou.
Maintenant, je dois vous quitter, car j'ai rendez-
vous avec mes électeurs.

Il leur serra vigoureusement la main et les mit
dehors. Dans l'ascenseur, Malko se tourna vers Elie :

— Il est sérieux?

— Très sérieux. Et les villageois de Bar Youssef lui obéissent au doigt et à l'œil. Un coiffeur avait caché une mitraillette sous sa blouse pour tuer le père. Un villageois s'est jeté entre lui et les balles, et a été coupé en deux...

— Et ensuite.

— Le père a tué le coiffeur, dit sobrement Elie. C'est un homme juste.

Et qui tirait bien. Cela commençait à ouvrir des horizons à Malko. Il ne restait plus qu'à téléphoner à l'égérie des Palestiniens.

*
*   *

— Pourquoi dans l'église? demanda la Princesse Khouzy, pleine de méfiance.

— C'est un endroit neutre, dit Malko.

La Princesse médita sa réponse quelques instants puis accepta sans enthousiasme.

— Très bien. L'or devra être en caisses que l'on pourra ouvrir et vous ne pourrez partir avec Jezzine qu'après que nous ayons tout compté.

— D'accord.

— S'il y a la moindre trahison, insista la terrible Leila, vous mourrez tous. Vous le premier, parce que j'exige que vous veniez dans l'église avec Khalil. Comme otage supplémentaire.

— J'y serai, affirma Malko.

Le plan du père Doury commençait à lui plaire de moins en moins. Il entendit la Princesse préciser :

— Nous amènerons tous les hommes qu'il faudra pour que vous ne soyez pas tenté de nous trahir.

Il raccrocha. En souhaitant que Dieu soit *vraiment* avec eux.

CHAPITRE XIX

Malko attendait depuis une demi-heure devant son *chawerma* refroidi quand une vieille Simca stoppa devant le restaurant *Al-Barmaki*, dans Hamrah. Elie et lui s'étaient installés au premier étage, dominant la rue.

— Ce sont eux, vous devez y aller, fit le Libanais.

Sans enthousiasme exagéré, Malko repoussa sa chaise. Suivant les instructions de la Princesse Khouzy, il n'avait même pas pris son pistolet extra-plat.

Pourvu que le révérend père Doury tienne ses engagements. Sinon, Malko risquait de se retrouver dans une position difficile. Pour ainsi dire mort. Il se leva le plus dignement possible et descendit. La Simca était arrêtée au bord du trottoir.

La portière arrière était ouverte. Shadia, la Palestinienne, un P.38 dans la main droite, était assise sur la banquette arrière. Toujours aussi calme et sûre d'elle. Rapidement, elle palpa Malko avec la dextérité d'un vieux policier.

— Il n'a rien, annonça-t-elle.

La femme assise au volant se retourna, et Malko reconnut la Princesse Leila. Avec une mini-jupe en cuir noir et des bottes. A côté d'elle se tenait un homme massif au visage gras avec une taie sur l'œil gauche. Le regard de la jeune femme glissa sur lui comme si elle le voyait pour la première fois.

— Où est la rançon?

Sa voix était sèche et impersonnelle.

— A l'ambassade américaine, dit Malko. Jerry Cooper doit l'apporter. Il nous attend devant. Mais vous ne toucherez rien tant que nous n'aurons pas vu Khalil Jezzine vivant dans l'église.

Elle haussa les épaules.

— Il est bien vivant. Il a peut-être un peu maigri, c'est tout. Allons-y.

Au fond de Hamrah, ils tournèrent dans la rue Omar Ben Abed et rejoignirent le bord de mer par un dédale de petites rues. Personne ne parlait. Shadia avait rentré son P.38 mais Malko la sentait tendue et sur ses gardes. Plus dangereuse qu'un homme.

Il jeta un coup d'œil dans le rétroviseur et il lui sembla apercevoir l'Alfa-Roméo d'Elie. Ils traversaient un quartier neuf arabe. Çà et là, de grandes banderoles signalaient le retour d'un pélerin de la Mecque. En apercevant le bâtiment de brique rouge de l'ambassade US, avec son premier étage grillagé, Malko se sentit nerveux. Si Jerry n'était pas au rendez-vous, ils étaient capables de le ramener dans les ruelles inaccessibles de Sabra et de l'exécuter.

Mais la station-wagon bleue était sous le porche, avec l'énorme Américain au volant. Il klaxonna, et Malko lui fit signe de suivre. Ils remontèrent par une petite rue en pente, vers l'avenue Chamonn. La Princesse Leila se retourna.

214 MORT À BEYROUTH

— Nous ne devrions pas le rendre pour si peu, c'est un traître à la cause arabe, un intellectuel dépravé.

— Nous le tuerons plus tard, lorsque nous aurons reconquis la Palestine, dit Shadia, de sa voix douce.

Cela laissait encore quelques printemps à l'homme d'affaires libanais.

Une jeep attendait devant le grand palais rouge. La Simca stoppa, et la Princesse descendit.

— Je vous quitte ici, dit-elle à Malko. Khalil Jezzine est dans la jeep qui va suivre cette voiture. Souvenez-vous que Shadia ne le laissera pas partir contre rien... Yazid vérifiera les caisses d'or.

Le gros Yazid eut un sourire mielleux. Malko avait rarement vu une tête aussi patibulaire.

Yazid prit le volant, et la Princesse claqua la portière de la voiture puis s'éloigna à grandes enjambées. Le petit convoi redémarra et prit la route du sud, passant devant les plages aux noms de rêve « Acapulco », « Miami ». Avec les cabanes où les riches libanais venaient faire l'amour dès la belle saison. Malko se mit à prier silencieusement sa bonne étoile. A force de prendre des risques, un jour il allait arriver au bout de sa chance.

∴

Shadia caressa doucement la nuque de Malko, avec la goupille de la grenade qu'elle venait d'arracher.

— Vous savez comment cela marche, dit-elle. Si je desserre les doigts, c'est fini. Ce sont des détonateurs très courts, trois ou quatre secondes.

Malko ne répondit pas. Shadia semblait mani-

fester un plaisir sadique à faire étalage de son fana-
tisme. Les trois voitures s'étaient arrêtées à l'entrée
de Bar Youssef. Le village semblait désert, et
Malko se demanda si le père Doury ne s'était pas
un peu avancé. Sinon, c'est lui qui allait faire les
frais de l'opération. Puisqu'il n'y avait pas un
gramme d'or dans la station-wagon.

Cinq ou six hommes sortirent du couvert où une
jeep avait été dissimulée. Tous arboraient des armes
chinoises et russes. Des fedayins. Shadia leur jeta
un ordre, et ils partirent en courant vers la petite
église. Le village semblait désert, abandonné.

— Ces chiens de Libanais ont peur de nous, dit
ironiquement la Palestinienne. Nous leur faisons
honte quand nous revenons du front.

Effectivement, il ne se passait pas de semaine
sans qu'une jeep fedayin, bourrée de bombes qu'ils
n'avaient pu poser en Israël, n'explose en passant
dans un village. On comprenait que les habitants
ne soient pas sur leur passage avec des drapeaux...

— Regardez, fit-elle emphatiquement.

A l'autre sortie du village, une dizaine de jeeps
bourrées de fedayins armés jusqu'aux dents blo-
quaient la route. Shadia dit doucement à Malko :

— J'espère que vos amis impérialistes n'ont pas
tendu de piège. Ce serait un massacre. Voilà comment les choses vont se passer. Khalil Jezzine va
s'installer dans l'église avec nos hommes, vous et
moi. Je vous rappelle que vous êtes notre otage.
L'église va être entourée d'un cordon de nos hommes qui ne laisseront pénétrer personne. Bien
entendu nous l'avons fouillée avant. Lorsque Yazid
aura compté l'or, il viendra me le dire. Khalil
sortira de l'église et montera dans cette voiture qui

partira immédiatement. Vous resterez avec nous jusqu'à notre retour dans Sabra, pour qu'il n'y ait pas d'embuscades... compris?

— Compris.

Il ne voyait pas comment il allait s'en sortir.

— D'ailleurs, ajouta Shadia pompeusement, le village est cerné par les forces de libération.

Malko sortit de la voiture sans aucune joie. Il monta les marches du parvis avec l'impression déprimante de grimper un calvaire. Jerry Cooper fumait au volant de la station-wagon. Impassible. Il semblait encore plus massif que d'habitude, à cause du gilet pare-balles mis sous son chandail.

En pénétrant dans la pénombre de l'église, Malko éprouva d'abord une fraîcheur délicieuse, puis il réalisa que ce n'était peut-être pas le moment idéal pour se détendre. Shadia se pencha à l'oreille de l'immonde Yazid, dont la taie sur l'œil prenait des proportions gigantesques.

— Va compter l'or.

Il sortit en refermant la porte. Malko aperçut plusieurs hommes répartis un peu partout dans l'église. Des Palestiniens. Comme si de rien n'était, le curé vaquait entre la sacristie et l'autel.

.*.

Le Palestinien surgit du fourré devant la petite voiture qui venait de Beyrouth, mitraillette brandie.

— On ne passe pas, dit-il en arabe. Le village est zone libérée.

Le révérend père Doury le toisa avec un mépris indicible et coupa le contact.

— J'ignore de quoi cette terre est libérée, dit-il
de sa belle voix de basse, mais vous n'avez sûrement
pas le pouvoir de la libérer de Dieu. Or, je suis
son représentant.

— Vous n'avez pas le droit de passer, répéta le
Palestinien, braquant son arme sur le petit homme
en soutane.

Le père Doury demeura impassible. Lentement,
il esquissa un signe de croix devant le visage du
Palestinien.

— Mon fils, dit-il simplement, je suis un homme
de Dieu, même si ce n'est pas le tien. Tu peux me
tirer une balle dans le dos, mais Dieu n'aime pas
qu'on s'attaque à ses serviteurs. Fais selon ta
conscience. Je te donne d'avance l'absolution.

Tranquillement, il se mit en marche vers l'église.
Le Palestinien hésita. Ses consignes étaient de ne
laisser passer personne, mais les fedayins évitaient
soigneusement de se heurter aux chrétiens libanais, sous peine de les déchaîner contre eux. Yazid
sortait justement de l'église. C'était un chef. Il
saurait. Le Palestinien lui cria.

— Capitaine Yazid, cet homme veut entrer dans
l'église.

Le gros Yazid hésita à son tour. Que pouvait
vouloir ce petit curé maigrichon?

Le père Doury le salua très civilement.

— Que venez-vous faire? demanda Yazid un peu
embarrassé. Nous avons réquisitionné l'église.

— L'église peut-être, mais pas Dieu, répliqua
d'une voix cinglante le père. Personne ne m'empê-
chera de dire la messe ici, comme je le fais tous les
dimanches. D'ailleurs, voyez ces sœurs, elles viennent
exprès pour moi.

Effectivement, deux religieuses se dirigeaient vers l'église et saluèrent le père jésuite. Excédé, Yazid haussa les épaules :

— Bon, allez-y. Vous direz votre foutue messe tout à l'heure.

Le jésuite ne releva pas et se dirigea lentement vers le parvis de la petite église. Yazid cria de laisser passer les religieuses. Pour se rassurer, il regarda les troupes massées à l'autre bout du village. Un fedayin marchait nonchalamment vers le café en face de l'église, probablement pour ramener des boissons à ses camarades.

Yazid, un P.38 dans la ceinture, toisa Jerry Cooper, debout près de la station-wagon :

— Où est l'or?

L'Américain désigna des caisses à l'arrière du véhicule :

— Là.

— Ouvrez-en une.

— Faites-le vous-même.

Le Palestinien hésita puis tira une caisse à lui et commença à défaire le couvercle. Placide, Jerry Cooper l'observait.

.*.

Abu Ghazaleh passa sa mitraillette à l'épaule pour ouvrir la porte du café. Il entra et referma derrière lui. Instantanément il sentit quelque chose d'anormal. Le café était plein de gens silencieux. Uniquement des hommes au visage fermé. Fait curieux, il n'y avait pas une seule consommation sur les tables.

Le brouhaha qui régnait à son entrée fit place

soudain à un silence de mort. Abu Ghazaleh ouvrit
la bouche pour demander une caisse de Pepsi-Cola
et la referma, sans salive. Lentement, il recula
vers la porte, sans quitter la salle des yeux. Pas un
des « consommateurs » n'avait bougé.

Il ouvrit tout doucement le battant, comme s'il
craignait de faire du bruit. Il était gris de peur.
Au moment où il était presque dehors, un couteau
lancé d'une main sûre s'enfonça de dix centimètres
dans son dos. Il tituba, accroché à la porte et
retomba à l'intérieur. Un des consommateurs se
leva, arracha le couteau de son dos et tranquillement lui trancha la gorge.

Juste au moment où Yazid, penché à l'arrière
de la station-wagon, ouvrait une caisse pleine de
sable.

Ecarlate de rage, il arracha son P.38 de sa ceinture.

— Vous vous moquez de nous, hurla-t-il à Jerry
Cooper.

— C'est bien possible, fit l'Américain.

Ivre de rage, Yazid leva son arme. Impossible de
rater une masse pareille. Le P.38 tonna et Jerry
prit la balle entre la quatrième et la cinquième
côte. Sous la violence du choc, il fut projeté contre
la carrosserie de la station-wagon, et ses lunettes
tombèrent.

Yazid eut le tort de ne pas tirer une seconde fois.
Il eut l'impression qu'un ouragan lui arrachait
son arme des mains. Le P.38 vola en l'air. C'est la
première fois qu'il voyait un être humain encaisser
sans mal une balle de P.38 tirée à bout portant. Il
ignorait évidemment la résistance d'une combinaison pare-balles en nylon renforcé de mailles d'acier...

— Petit salaud, fit simplement Jerry, tu ne tor-
tureras plus personne dans les caves de Sabra.

Il enserra le cou du Palestinien dans son énorme
bras droit, prit appui sur le sol et commença à lui
cogner la tête contre l'aile avant de la station-wagon.
Avec la force et la régularité d'un marteau pilon.
D'abord, le fedayin hurla. Puis, peu à peu, du sang
se mit à couler de ses oreilles. Sa calotte crânienne
avait creusé une alvéole dans la tôle dont la peinture se mélangeait au sang et Jerry continuait.
Mais le fedayin était de plus en plus lourd...

Alors, Jerry Cooper bougea, se déplaça légèrement et frappa le dernier coup contre le mur de
pierre...

Le crâne de Yazid s'écrasa avec un bruit déplaisant, et un peu de matière grise filtra de ses cheveux. Dégoûté, Jerry Cooper le laissa tomber d'un
coup, après lui avoir quand même écrasé les ver-
tèbres cervicales, pour éviter un déplaisant phéno-
mène de survie. On n'est jamais trop prudent.

Les fedayins avaient assisté à la scène, stupéfaits.
Pas question de tirer sur l'Américain sans risquer
de blesser Yazid. Au moment où ils allaient enfin
réagir, toutes les vitres du café volèrent en éclats
en même temps. Un feu incroyablement nourri
s'abattit sur les fedayins surpris. Un fusil-mitrailleur, en batterie sur le comptoir de zinc, prenait
la place en enfilade.

Le père Doury, toujours sur le parvis de l'église,
sourit avec satisfaction. Il se retourna, faisant face
à la porte fermée. C'était à lui de jouer.

CHAPITRE XX

Le père Doury tourna doucement la poignée de la porte de l'église, entrouvrant imperceptiblement le battant.

Puis il recula, essuya ses mains humides de sueur à sa soutane, les plongea dans ses grandes poches. Elles ressortirent tenant chacune un colt 45 automatique avec un chargeur rallongé. D'un geste précis et sec, le jésuite releva les deux chiens. Puis, d'un coup de pied, ouvrit la porte de l'église toute grande.

— Puissant est le bras du Seigneur, murmura-t-il.

Les bras tendus à l'horizontale, il ouvrit le feu des deux mains, en direction des hommes agenouillés au premier rang, devant l'autel.

.:.

Le curé de Bar Youssef tournait nerveusement autour du tabernacle, priant le Seigneur qu'il n'ait pas trop d'extrêmes-onctions à donner avant la fin de la journée. Certes, l'attitude des cinq paroissiens du premier rang semblait à première vue exemplaire. Agenouillés sur les durs prie-Dieu de bois, ils se recueillaient, la tête dans leurs mains.

Deux autres priaient également près de la porte
et un autre se tenait debout, à gauche, dans la
contemplation béate de la statue de la Vierge Marie.

Cette piété était d'autant plus touchante que
tous ces hommes étaient des Palestiniens, farouches
musulmans, qui n'avaient jusqu'ici jamais mis les
pieds dans l'église que pour avertir le curé que le
jour du grand soir ils la brûleraient, et lui avec.
Moins modeste, le curé de Bar Youssef aurait pu
croire que son dévouement à la cause de Dieu avait
fait des miracles et que ces mécréants avaient
trouvé leur chemin de Damas, faute de trouver
celui de Tel-Aviv.

Le saint homme déplorait pourtant que celui qui
paraissait le chef s'obstinât à serrer à deux mains ce
qui semblait bien être un fusil d'assaut chinois
avec un chargeur qui n'en finissait pas.

Une telle arme n'était de toute évidence pas
compatible avec la piété.

Les trois autres semblaient bien être tout aussi
redoutablement armés. Le curé ne voulait pas le
croire, mais il lui semblait distinguer, à cheval entre
deux prie-Dieu les éléments d'un fusil-mitrailleur!
Ce ne pouvait être qu'une hallucination. On était
déjà entré dans son église avec des fusils, des mitraillettes à la rigueur, les jours de grande nervosité,
mais jamais avec des armes collectives.

Il descendit lentement l'allée centrale, épiant les
gens qui se trouvaient là. Au passage, il salua deux
bonnes sœurs qui, elles, n'avaient aucune arme
apparente.

Elles étaient bien les seules.

Un peu plus loin, l'homme en contemplation
devant la statue de la Vierge s'apprêtait à commu-

nier avec une grenade, ce qui était sans nul doute
une entorse à la liturgie.

Il soupira. La maison de Dieu était en de bien
mauvaises mains. Mais s'il mettait tous ces pécheurs
dehors, que feraient-ils? Il s'arrêta près du bénitier
et vérifia subrepticement son propre Mauser glissé
dans la ceinture de sa soutane. Un modeste 6.35,
simple porte-respect.

En arrivant au fond de l'église, près de la porte,
il fronça les sourcils devant un groupe étrange.

Khalil Jezzine semblait lui aussi s'être converti
rapidement, mais ce changement de foi lui avait
donné un teint blafard et son émotion de se trouver
dans l'église du Christ était telle que ses mains tremblaient visiblement. Probablement plongé dans une
extase intérieure, il ne salua même pas le curé qu'il
connaissait pourtant fort bien. Le prêtre ne voulut
pas troubler ce néophyte. Ses narines frémirent
quand même et il se demanda si, à la Mosquée,
Khalil Jezzine avait l'habitude de faire pipi sous
lui.

L'homme blond voisin de Khalil Jezzine rassura,
par contre, le curé. Il était bien habillé et ne semblait pas porter d'armes. On n'en aurait pas dit
autant de la jeune femme aux lèvres minces qui
l'escortait. Il lui semblait bien avoir vu sa photo
dans les journaux, en relation avec des événements
brutaux et sanglants.

Le curé souhaita sincèrement qu'elle ait choisi
la voie du repentir. En déplorant qu'elle joigne
les mains autour d'une grenade et non d'un chape-
let. A moins que, prise d'une frénésie de conver-
sion, elle n'ait utilisé cette arme pour amener tous
ces non-croyants à la vraie foi.

Il arrivait au bout de l'allée. Dans un coin, un enfant de chœur nettoyait mollement un plateau en cuivre. Le curé lui sourit. C'était probablement la seule âme pure qui se trouvait en ce moment dans ce lieu de culte. Il s'arrêta. Il régnait dans l'église un silence lourd et oppressant, comme avant un orage. Tous observaient une immobilité terrifiante. Il y eut un cliquetis quand une des mitraillettes du premier rang tomba sur le carrelage.

Son propriétaire la ramassa vivement avec un regard d'excuses pour le curé. Et un autre anxieux pour la porte de la sacristie qui donnait sur l'extérieur.

Le curé leva les yeux au ciel au moment où la porte s'entrebâillait discrètement.

— Seigneur, délivrez-nous du mal, murmura le curé.

Comme si le Seigneur l'avait entendu, le battant s'ouvrit d'un seul coup sur la silhouette malingre et pourtant redoutable du révérend père Doury. Les deux colts au bout de ses bras maigres ressemblaient à de mortels serpents noirs.

Immédiatement, les détonations se succédèrent comme un feu d'artifice. Fasciné, le curé regardait les flammes jaunes jaillir des deux armes.

La tête de l'homme au fusil-mitrailleur sembla se fractionner en plusieurs morceaux, dans une jolie gerbe de sang. Ses deux voisins s'effondrèrent, le dos percé comme une écumoire. L'un d'eux eut le temps de tirer une rafale qui pulvérisa le plus beau vitrail. Le curé en poussa un cri d'horreur.

— Père Doury!

Immobile à la porte de l'église, le jésuite foudroyait les occupants des bancs avec une divine précision. Le curé pensa fugitivement à saint Georges terrassant le dragon.

L'homme qui priait devant la Vierge n'eut pas le temps de commettre le sacrilège de lancer sa grenade à l'intérieur du lieu saint. Le colt gauche avait aboyé, et il n'eut brusquement plus qu'un œil. L'engin roula sous les prie-Dieu, sans exploser. Les survivants du premier rang, acculés au tabernacle ouvrirent le feu à leur tour, au moment où le curé courait vers l'autel.

Frappé d'une balle en pleine tête, le malheureux roula sur le dallage dans une grande éclaboussure de sang. La balle lui avait réduit le front en bouillie. Il gardait dans la mort un sourire heureux.

A leur tour, les deux religieuses s'envolèrent en couinant de terreur. Fâcheuse initiative. Prises entre les deux colts de la Foi et les pistolets-mitrailleurs des Palestiniens, elles s'effondrèrent à leur tour au milieu de la nef.

Comme un diable qui rentre dans sa boîte, le père Doury disparut de l'embrasure. Juste le temps de recharger ses colts. Homme prévoyant, il avait entre son tricot de corps et sa soutane assez de chargeurs pour soutenir un siège.

Les survivants s'étaient groupés derrière le tabernacle, ce qui frappa sans doute le jésuite d'une sainte colère. Sans souci des balles qui sifflaient autour de lui, il ouvrit de nouveau un feu nourri. Les éclats de bois dorés volèrent dans tous les sens.

L'un des Palestiniens resta étendu sur le tapis rouge de l'autel, tandis que l'autre agonisait sous les débris du tabernacle. Le troisième plongea vers la sacristie. C'était compter sans la mortelle précision du père Doury.

Hélas, l'enfant de chœur terrorisé voulut s'enfuir
en même temps. Atteint d'une balle dans la colonne
vertébrale, il resta par terre, couinant et hurlant,
rampant comme une chenille écrasée. Mentalement,
le père Doury lui donna l'absolution. Tuer un
innocent était toujours fâcheux, mais Dieu lui était
témoin qu'il ne l'avait pas voulu.

En un clin d'œil, il changea de nouveau ses
chargeurs et attendit.

Un calme terrifiant coupé de quelques gémissements était retombé sur l'église. Shadia, la Palestinienne, serrait toujours sa grenade dans sa main
crispée. Dépassée par les événements. Que signi-
fiaient les coups de feu qui claquaient dehors?
Dans quel piège étaient tombés les fedayins? Le
père Doury braqua les colts dans sa direction et
cria d'une voix de stentor :

— Que tout le monde sorte, les mains sur la
tête!

Khalil Jezzine était bien incapable d'obéir. Depuis
le début de la fusillade, il était au bord de la syn-
cope, s'attendant à chaque minute à mourir. Avec
un gémissement confus, il tomba à genoux et roula
sur le côté, comme une grosse méduse.

Malko, les nerfs à vif, guettait Shadia. A son
expression il comprit qu'elle allait les faire tous
sauter. Comme elle l'avait promis. De toutes ses
forces, il plongea sous un banc, à plat-ventre.

Shadia resta seule, sa grenade à la main. Le
jésuite ne tira qu'une fois. La balle, entrée latéralement dans le cou, fit éclater le bulbe rachidien de
la Palestinienne. Sans un cri, elle tomba en avant,
lâchant sa grenade dégoupillée, dont la cuillère
s'écarta aussitôt.

Malko vit l'engin mortel rouler vers lui. Une anglaise avec de gros quadrillages de fonte. D'un coup de talon désespéré, il l'envoya de toutes ses forces vers l'autel. Là où il n'y avait plus que des morts. Puis, il s'aplatit le plus qu'il put.

Le père Doury avait vu l'engin et s'était déjà effacé derrière un pilier. L'explosion secoua la nef et acheva de faire dégringoler les derniers vitraux. Criblé d'éclats, le corps d'une des religieuses sembla reprendre vie quelques secondes. Un éclat coupa net le câble du lustre qui s'effondra dans l'allée centrale. La fumée suave de l'encens se mêla aux effluves âcres de l'explosif.

Tranquillement, le père jésuite, remit ses colts dans sa soutane et s'agenouilla près du curé. Il murmura une rapide prière avant de lui fermer les yeux. Il fit de même pour les deux religieuses et l'enfant de chœur qui n'étaient pourtant pas beaux à voir.

Khalil Jezzine gémit soudain.

— Je suis touché, je vais mourir.

Malko se releva, s'épousseta et courut vers le gros homme.

Soudain, il y eut un bruit dans la sacristie. Vif comme l'éclair le père Doury se retourna. Les colts jaillirent à nouveau de la soutane. Le dernier des fedayins, caché dans la sacristie, était en train d'ouvrir la porte donnant sur l'extérieur!

Le jésuite se précipita, abandonnant Khalil Jezzine à Malko, mais l'homme eut le temps de se glisser dehors.

Lorsqu'il arriva sur le pas de la porte, le père Doury le vit s'enfuir, zigzaguant au milieu d'un troupeau de moutons. Le Palestinien se retourna et

lâcha une rafale de mitraillette au hasard. Puis
son arme s'enraya. Une balle tirée par le Jésuite
siffla à ses oreilles. Terrorisé, il plongea derrière deux
moutons pour s'abriter.

Ce fut un massacre.

Lentement, tirant alternativement des deux
mains, le jésuite s'approcha du fedayin caché derrière les moutons bêlant de terreur et de douleur.
Troués comme des écumoires, plusieurs animaux
gisaient déjà sur le flanc. Finalement, le fedayin
mourut dans un fossé, un mouton dans ses bras, une
balle en pleine tête. La moitié du petit troupeau gisait sur le sol. Le père regagna l'église.

Lorsqu'il rejoignit sur le parvis Malko et Khalil
Jezzine, une ovation l'accueillit. Quatre vieilles voitures américaines bourrées de villageois armés sta-
tionnaient devant l'église. Un peu partout, il y
avait des cadavres de fedayins. Quelqu'un avait
planté un drapeau libanais sur le comptoir du café-
blockhaus. Sur une des voitures, on avait attaché
le cadavre d'un fedayin, comme celui d'un animal
abattu au cours d'une partie de chasse.

En voyant le père Doury, plusieurs hommes déchar-
gèrent leurs armes en l'air et se précipitèrent dans
sa direction. Gentiment, le jésuite leur abandonna
sa main à baiser. Maintenant, les femmes et les
enfants réapparaissaient, tournant autour des cadavres des fedayins. Le propriétaire des moutons
commença à aligner ses bêtes abattues, sans récri-
miner.

D'un large signe de croix, l'étrange jésuite bénit
tout le monde. Y compris Jerry Cooper, montant
la garde devant la station-wagon et le cadavre de
Yazid.

— Dieu a reconnu ses enfants, cria-t-il. Je suis passé à travers les balles de ces mécréants sans une égratignure. C'est la preuve que Dieu est avec nous.

— Dieu est avec nous, rugirent les villageois.

Malko était un peu étourdi par ces manifestations de joie. Il demanda au père Doury :

— Vous n'avez jamais d'ennuis avec votre évêque après des incidents comme celui d'aujourd'hui? Ce n'est quand même pas courant de voir un religieux en soutane faire le coup de feu dans une église!

Le jésuite eut l'air profondément choqué.

— Mon fils, dit-il, je n'ai pas fait le coup de feu dans une église. J'ai tiré du parvis afin de chasser ceux qui profanaient ce saint lieu. Je n'ai fait qu'obéir aux ordres de l'Ecclésiaste. Je ne me considère prêtre qu'à l'intérieur de l'église.

On voyait qu'il avait été élevé chez les jésuites. Malko accompagna Khalil Jezzine jusqu'à la station-wagon. Il n'y avait plus qu'à retourner à Beyrouth. Et à signer avec les Chinois, avant un nouvel avatar. Il n'aurait pas toujours un prêtre de la trempe du père Doury pour les tirer d'affaire.

CHAPITRE XXI

Un énorme pansement entourait le doigt blessé de Khalil Jezzine. Le Libanais tourna des yeux mouillés de reconnaissance vers Malko et Jerry Cooper.

— Vous m'avez sauvé la vie, chevrota-t-il.

— Remerciez plutôt le père Doury, dit Malko, Dieu l'a bien inspiré.

Modeste, le jésuite baissa les yeux. Les gendarmes avaient tiré hors de l'église les corps des victimes du massacre pour les aligner le long du muret de pierre, à côté de Yazid. Ils étaient parfois collés ensemble par le sang séché. Silencieux et goguenards, les villageois inspectaient les dégâts. Les fedayins ne reviendraient pas de sitôt. Les derniers étaient traqués en ce moment dans les bois autour de Bar Youssef et égorgés proprement.

Shadia, la Palestinienne avait encore la bouche ouverte pour crier. Malko détourna la tête. Quelle tristesse de voir une femme se fourvoyer dans ces sanglantes aventures...

Jerry Cooper rayonnait, transpirant et satisfait. On avait fait d'une pierre deux coups : récupérer Khalil et donner une leçon aux fedayins.

— Nous avons rendez-vous avec les Chinois à une heure, rappela-t-il. Il faudrait prendre la route.

Tous s'installèrent dans son break. Le père Doury leur serra la main. Les colts escamotés sous la soutane, il était redevenu un jésuite classique et bienveillant.

— Je reste, expliqua-t-il. Je dois aider à la réparation de cette malheureuse église et ces pauvres gens n'ont plus de curé. Je le remplacerai provisoirement.

Il esquissa un signe de croix pour les bénir et partit à grandes enjambées vers l'église.

.*.

Ils étaient tous là, sérieux comme des papes, vêtus identiquement de leurs complets bleus, assis autour de la grande table de conférence de Khalil Jezzine. L'endroit semblait leur convenir mieux que le *Saint-Georges*. Lorsque le Libanais entra en compagnie de Jerry Cooper et de Malko, ils se levèrent avec un ensemble parfait.

Malko crut qu'ils allaient entonner une maxime du petit livre rouge... Avant de refermer la porte, Houry fit un clin d'œil à Malko et dessina avec sa bouche silencieusement les mots : « Ce soir? » Il inclina la tête : maintenant, il avait droit à un peu de détente...

Le chef de la délégation chinoise discutait en arabe avec Khalil Jezzine. Il parlait parfaitement le dialecte libanais, ainsi que le français et l'anglais. Le gros Libanais était en train d'expliquer la présence

de Malko et de Jerry Cooper par les interventions
des ennemis des Chinois. Ceux-ci les considéraient
avec une nouvelle bienveillance. Malko regretta
que David Wise, Directeur de la Division des Plans
de la CIA, ne soit pas là pour assister à cette scène
touchante : un dignitaire chinois serrant la main
d'une barbouze princière de la Central Intelligence
Agency.

— Les impérialistes socialistes ne perdent jamais
une occasion de faire reculer la cause de la paix,
fit gravement le Chinois, avant de se rasseoir. Mais
nous déjouons toujours leurs manœuvres.

Malko se retint de dire que sans la bonne vieille
CIA, ils auraient signé avec un fantôme, autour
d'une table tournante. Discrètement, Jerry Cooper
et lui se retirèrent dans le bureau voisin. Il ne
fallait .pas avoir l'air de s'imposer. Malko sortit
dans la réception. Houry s'approcha aussitôt, l'air
soucieuse.

— Cela va être difficile de te voir ce soir, expliqua-t-elle, j'ai un amant attitré maintenant et il
est jaloux comme un Séoudien. Il ne me quitte
pas d'une semelle. Il faudrait que tu viennes chez
moi exactement à huit heures.

— Pourquoi ne viens-tu pas?

Elle secoua la tête.

— Non. Viens.

Elle se mit sur la pointe des pieds et lui glissa,
bouche contre bouche.

— J'ai très envie de faire l'amour avec toi.

Sa petite langue pointue darda rapidement puis
rentra.

Jerry Cooper toussa discrètement. Sa silhouette
bouchait toute la porte du bureau. Ses yeux pétil-

laient de satisfaction derrière les verres épais des
lunettes.

— Ils ont fini, dit-il et ils vont sortir...

L'attitude de Malko et de Houry n'était évidemment pas en accord avec la sobriété sexuelle de la
Révolution Culturelle. Malko rentra dans le bureau
au moment où Khalil y pénétrait, une liasse de
documents à la main.

— Ils ont signé pour quinze Boeings, annonça-
t-il rayonnant. Et une option pour trente-cinq
autres!

Malko se dit que, pour les mêmes prix, on pourrait les leur peindre en rouge sang...

— Je vous laisse, dit Jerry Cooper, il faut que je
télexe la bonne nouvelle. (Il s'approcha de Malko
et dit à voix basse.) Pour dérouter nos concurrents,
j'ai fait passer une « indiscrétion » dans *Le Soir*
et dans *Le Jour-L'Orient* d'aujourd'hui, disant
qu'un important contrat serait signé demain au
Saint-Georges entre un homme d'affaires libanais
et une délégation de la République de Chine Populaire. Si nos méchants viennent, ils ne verront
qu'un innocent cocktail...

— Bien joué, reconnut Malko.

L'Américain s'éclipsa par la porte doublée de
cuir. Khalil, avec des soupirs de pachyderme blessé,
était en train de ranger ses documents dans son
coffre. Il referma et se redressa. Ses yeux bleus
avaient repris une certaine vitalité.

— Que faites-vous ce soir? demanda-t-il à Malko.
Je suis célibataire, Mouna est encore aux Cèdres,
elle ne rentre que demain. Voulez-vous dîner
avec moi?

— Je suis un peu fatigué, dit Malko diplo-

matiquement. Je crois que je vais me coucher.
Inutile de préciser que c'était avec Houry.

*
*

Le lieutenant-colonel Youri Davoudian relut
trois fois l'entrefilet à la troisième page du *Soir*
annonçant la signature de l'accord pour le lendemain. La vue brouillée par la rage. Il s'était toujours dit que les Palestiniens étaient des incapables
et des zozos, mais cette fois, ils s'étaient surpassés.

En lui rapportant sa conversation avec le chef
du groupuscule auquel appartenait Shadia, son ami
le journaliste anglais avait juré :

— Ils vont enlever Jezzine et l'exécuter pour
l'exemple...

Il avait décrit la fureur des Palestiniens avec
de telles hyperboles que Davoudian avait dormi
sur ses deux oreilles. Non seulement, ils ne l'avaient
pas tué, mais ils s'étaient fait ridiculiser par la CIA!

Comme dans le coup du Mirage.

Le colonel du KGB regarda sa montre : trois
heures. Il lui restait moins d'une journée pour
éliminer Khalil Jezzine. Et il lui était impossible
d'entrer lui-même en scène. Les Russes ne devaient
à aucun prix être impliqués officiellement dans
cette histoire. Il resta de longues minutes, immobile à son bureau, échafaudant des plans plus far-
felus les uns que les autres.

Finalement, il décrocha son téléphone et appela
le standard de l'Aéroflot :

— Donnez-moi le 762 975 à Amman, en Jordanie.
Le plus vite possible.

.* .*

Houry attendait derrière la porte et ouvrit dès
que Malko entra. Vêtue d'une combinaison lamé
argent ras du cou qui moulait comme un gant ses
petits seins ronds, elle était très appétissante. Aussitôt, elle se jeta au cou de Malko.

— Mon amant est si jaloux qu'il ne veut plus
que je porte des robes décolletées, dit-elle.

Elle se rattrapait en ne mettant rien sous ce
qu'elle portait. Le jersey d'argent moulait ses formes
les plus intimes comme si elle avait été nue.

Le téléphone sonna et elle mit un doigt sur ses
lèvres. Malko s'immobilisa. Houry décrocha et
parla quelques instants en arabe d'une voix tendre
et amoureuse, rit et raccrocha. Les yeux brillants,
elle se tourna vers Malko.

— C'était lui. Cela fait dix minutes qu'il est
parti et il appelle déjà, pour voir si je suis là! Viens.

Elle l'entraîna dans la chambre et le jeta sur le
lit pour rire, s'asseyant à côté de lui. Avec le bout
de son pied, elle alluma la télévision posée par
terre. Malko était un peu surpris. Ce n'était pas
le genre de « feu ardent » d'inviter un homme pour
regarder la télévision.

L'image apparut avec un speaker moustachu en
train de lire les informations. Aussitôt, Houry
poussa un cri de joie.

— Mon chéri!

D'un geste preste, elle fit passer le haut de sa
combinaison par-dessus sa tête et apparut les seins
nus. Le pantalon suivit tout aussi vite. Fiévreuse-
ment, elle s'attaqua aux vêtements de Malko, em-

brassant chaque centimètre carré de peau, au fur
et à mesure qu'elle le dénudait.

— Tu n'as plus peur? demanda-t-il.

Elle rit.

— Non, c'est lui sur l'écran! Tant qu'il lit les
informations, je suis tranquille. Il ne peut pas bouger du studio. Fais-moi vite l'amour.

Elle se serra contre lui comme une folle, le caress-
sant, l'embrassant, un œil sur l'écran de télé. Bientôt, ses gémissements et ses cris couvrirent presque
la voix du speaker, son amant. Elle se raidit dans
les bras de Malko et lui griffa les flancs.

— Tu fais bien l'amour, dit-elle avec espièglerie,
un peu plus tard.

Sur l'écran, son amant moustachu semblait la
regarder. Elle se leva et esquissa quelques pas de
danse du ventre devant le récepteur de télé.

— S'il me voyait, il me tuerait, dit-elle. Il m'a
fait jurer de lui être fidèle.

Elle avait déjà commencé à se rhabiller et Malko
fit de même. Heureuse, elle chantonnait. Sur le pas
de la porte, elle dit à Malko :

— Tu peux venir tous les soirs à huit heures,
mon chéri, sauf le samedi où les informations sont
à sept heures et demie.

Malko se retrouva dans l'escalier, déplorant que
l'amant de Houry ne lise pas aussi les cours de la
bourse.

*
* *

— A votre château!

Elie leva son verre de Dom Pérignon et le vida
d'un coup. Malko, plus réservé, se contenta d'y

tremper ses lèvres. Une ravissante jeune femme
blonde aux hanches ondulantes passa devant lui
et cela le fit penser à Alexandra. Pourvu que ce
mufle de baron n'ait pas pu l'emmener à Kitzbühel.
Sinon, le tempérament volcanique de la jeune comtesse « fiancée » de Malko, risquait de s'être réveillé au contact des neiges...

— Je vous dois beaucoup, dit Malko à Elie.
Le Libanais au nez camus hocha modestement
la tête.

— Notre situation était un peu délicate, recon-
nut-il. Nous ne devions pas officiellement nous
mêler de votre différend. Mais nous trouvons les
fedayins très encombrants et les Russes un peu
envahissants.

— Le père Doury ne va pas être inquiété? Il
a quand même tué une bonne demi-douzaine de
personnes.

Elie sourit angéliquement.

— Oh non! Nous sommes en période électorale
et on dirait que c'est une attaque personnelle
indigne. Et puis les gens du village jureront qu'il
était en légitime défense...

Même pour ceux qui avaient été atteints dans
le dos.

— Tiens, voilà Harold, fit Elie.
La gourmette en bataille et les épaules chalou-
pantes, le « diplomate héréditaire » fonça sur Malko
et Elie.

— Je viens de baiser une fille formidable, com-
mença-t-il. Elle a dix-huit ans, des seins... et elle...

— Ça va, ça va, fit Elie, elle à quarante-cinq ans,
les seins aux genoux et tu as dû la retourner pour
ne pas voir sa gueule...

Vexé, Harold se tut. Pour le faire taire, Malko lui offrit une coupe de Dom Pérignon. Ce qui le rasséréna grandement. Faisant miroiter sa montre Cartier, il lança :

— Vous saviez que Katia était revenue en ville?

Malko faillit avaler le pied de son verre.

— Quoi!

Harold eut l'air surpris :

— Qu'est-ce que cela a d'étonnant? Sa petite amie séoudienne a dû en avoir marre.

Elie et Malko échangèrent un regard. Pensant à la même chose. A part eux et Mouna, tout le monde ignorait la vraie personnalité de Katia et sa responsabilité dans la mort de Mireille. Y compris Khalil Jezzine. Pourquoi avait-elle pris le risque de revenir à Beyrouth après avoir été expulsée?

— Où l'avez-vous vue?

Harold rajusta un cran dans sa chevelure blonde :

— Avec Khalil. J'ai croisé sa Rolls dans Hamrah.

Malko reposa sa coupe de champagne, l'estomac noué. Pourquoi Katia était-elle avec le Libanais? Qui ne se méfiait évidemment pas d'elle. Il pensa à « l'indiscrétion » parue dans la presse et eut le pressentiment d'une catastrophe.

— Qu'est-ce qui vous arrive? fit Harold. On dirait que...

Malko et Elie étaient déjà dans l'escalier. Ils stoppèrent à l'entrée pour téléphoner. L'appartement de Khalil ne répondait pas.

— Chez elle, suggéra Elie.

Ils essayèrent « l'institut de beauté ». Pas de réponse non plus.

— Il faut y aller, dit Malko.

CHAPITRE XXII

Khalil Jezzine s'ennuyait, tout seul dans son appartement. Vers minuit, il irait au *Club* où il trouverait une fille. Le téléphone sonna. Il posa son verre de cognac et se dirigea pesamment vers le téléphone.

— Khalil?

C'était la voix de Katia. Une exquise angoisse tordit l'estomac du Libanais. La brève étreinte qu'il avait partagée une fois avec la « masseuse » l'avait laissé sur sa faim. Depuis, Katia ne s'était jamais laissé faire. Khalil se fit tout sucré et tout miel.

— Qu'étais-tu devenue, ma petite chatte?

L'absence de Mouna était providentielle.

— J'étais en voyage, éluda Katia.

Khalil se lança :

— Mouna n'est pas là, elle est montée aux Cèdres.

— Ah bon, fit Katia.

Khalil eut peur qu'elle raccroche. Vivement, il proposa :

— Si tu venais boire un verre? Je suis tout seul.

Il sentit Katia hésiter.

— Peut-être tout à l'heure. Viens plutôt me chercher. Je suis au *Café de Paris*.

— Je serai là dans cinq minutes, se hâta de dire Khalil.

Il raccrocha vite, de peur qu'elle change d'avis. Fou de joie. Katia acceptait de le voir seul! Il l'imaginait avec ses longues jambes et son visage dur si joliment ciselé.

Il vida le flacon entier d'eau de cologne sur son crâne dégarni et acheva son cognac. Cette nuit allait être *sa* nuit. Il le sentait.

**

La Rolls-Royce s'arrêta en double file et Katia apparut immédiatement. Khalil sentit une grande onde de désir faire trembler sa main graisseuse. Elle portait un minuscule short de satin noir, très moulant, ses grandes bottes de Cardin et un haut de jersey collant qui dessinait sa petite poitrine. Quand elle se pencha sur lui pour l'embrasser, il huma son parfum entêtant et fort. Incapable de se retenir, il posa sa grosse main sur la cuisse de Katia.

Dieu qu'elle était belle! Il en avait la bouche sèche.

— Il y a beaucoup de monde au *Club*, dit-il hypocritement, on pourrait aller ailleurs.

Au *Club*, il craignait de se la faire prendre par un minet ou une minette. C'eût été trop bête. S'il avait osé il l'aurait emmenée directement chez lui. Ses longues jambes le plongeaient dans un délire érotique total.

— On pourrait aller boire un verre chez moi, suggéra Katia.

C'est tout juste si Khalil ne vira pas sur place. Il ne chercha même pas à comprendre pourquoi Katia se jetait soudain à son cou. Elle avait peut-être besoin d'argent. Ou de nouveauté. De peur qu'elle ne change d'avis, il conduisait aussi vite que lui permettait sa corpulence.

La main posée sur la cuisse remonta et il sentit la chaleur plus haut. Machinalement, il lâcha l'accélérateur. Un taxi klaxonna furieusement et il donna un brusque coup de volant.

— Tu es belle, dit-il.

De la voix d'un affamé devant une table de victuailles.

Katia ne répondit pas. On le lui avait déjà beaucoup dit. Des hommes et des femmes.

Il accéléra, laissant sa main entre les jambes de la jeune femme. Sans voir son regard impénétrable derrière ses lunettes teintées.

.*.

— Etends-toi, tu vas être bien.

Khalil Jezzine obéit. Tout l'attirail du cabinet de consultation l'excitait prodigieusement. Après toutes les expériences sexuelles qu'il avait eues, il avait besoin de mises en scène parfois compliquées. Il buvait Katia des yeux. Elle avait mis de la musique et lui avait servi un grand verre de scotch.

Il se laissa aller dans le grand fauteuil de relaxation avec volupté. Le siège faillit s'effondrer sous sa masse énorme. Katia se planta près de lui, les jambes écartées et les mains sur les hanches, désira-

ble au possible. Il devinait la pointe de ses seins
sous la soie et cela lui asséchait la bouche. Voyant
la direction de son regard, elle déboutonna lentement son haut, se pencha vers lui et laissa sa
bouche gourmande, s'attarder sur sa chair tiède.
Puis, dépoitraillée, elle se redressa.

— Que veux-tu que je te fasse?

— Tout ce que tu veux, dit Khalil, souriant
aux anges.

Katia eut un sourire ambigu.

— Alors, d'abord, il faut que je t'attache.

Elle avait dit cela avec une intonation tellement
voluptueuse qu'il n'hésita pas une seconde.

Elle se baissa, lui tournant le dos, pour attraper
des sangles dans un tiroir. La vue de ses reins cambrés, moulés dans la soie noire, acheva de faire
perdre la tête à Khalil. Katia aurait pu l'attacher
avec des chaînes, il aurait applaudi. Elle lui immobilisa les jambes, avec de minces sangles de cuir. Puis
lui prit la main gauche et lui lia le poignet
au montant. Elle fit de même pour la main droite.

Khalil était totalement impuissant, cloué en plus
par son poids sur le siège de relaxation.

Katia augmenta le volume de la musique. De
la danse arabe. Puis, elle prit un coussin et vint
s'asseoir par terre, à côté du fauteuil. Khalil était
moite de désir. Avec des gestes précis, elle commença
à défaire sa ceinture. Il gémit de bonheur, les
yeux fermés et se tortilla grotesquement quand elle
fit descendre le vêtement sur ses chevilles.

Très doucement, elle commença à le caresser.
C'était encore meilleur que ce qu'il avait imaginé.
Il tordit un peu la tête de côté pour admirer la
jeune femme. De profil, il voyait son. sein bien

dessiné, découvert par le chemisier ouvert. Elle
allongea la main droite devant son visage.

— Tu sais ce que c'est? demanda-t-elle.

Elle lui montrait ses deux petits cubes d'or montés en bague, ornés chacun d'une griffe aiguë,
qu'elle portait toujours à l'annulaire et au médium.
Le vernis vert des ongles les faisait paraître encore
plus jaunes.

Il sourit.

— Non.

— C'est la copie d'un bijou très ancien. L'impératrice Ts'eu-Hi portait ces griffes au début du
siècle, en 1900.

À cette seconde, Khalil n'avait aucun goût pour
l'histoire.

— Caresse-moi, murmura-t-il.

Katia ne répondit pas. Sa main droite descendit
et enserra le sexe du Libanais.

Au même moment, on sonna à la porte. Un
long coup insistant.

— Qu'est-ce que c'est? demanda le gros homme.

Katia haussa les épaules avec insouciance.

— Je ne sais pas et cela n'a aucune importance.

Lentement, sa main allait et venait le long de
Khalil. Soudain, le Libanais poussa un hurlement
démentiel, rauque, inhumain. Avec une brutale
soudaineté, Katia venait d'enfoncer les deux griffes
d'or dans son sexe.

*
* *

Malko sursauta en entendant le cri. Elie avait
toujours le pouce sur la sonnette. Malko éprouva
la porte. Le battant était blindé et défendu par

trois serrures de sûreté. Même en tirant dedans, on ne l'ouvrirait pas.

— Elle est en train de le tuer, fit-il. Il faut faire quelque chose.

Elie secoua la tête.

— Ça va être difficile d'entrer, je connais l'appartement, il n'y a pas d'autre issue. Il faut appeler la brigade 16. Et faire sauter la porte au bazooka...

— Elle ignore que cela ne sert plus à rien, dit Malko.

Les précautions de Jerry Cooper se retournaient contre Khalil Jezzine. Elie s'engouffra dans l'ascenseur :

— Attendez-là, je vais téléphoner à la brigade.

Un nouveau hurlement donna la chair de poule à Malko. Qu'est-ce que Katia avait bien pu inventer?

.*.

Lentement, la main entourant le membre remonta et les deux griffes tracèrent un sillon profond. Khalil s'étrangla tellement il hurlait. La douleur lui vidait le cerveau. Katia dit d'une voix douce :

— Tu m'avais dit que je pouvais te faire ce que je voulais.

Le Libanais trouva la force de redresser la tête.

— Mais j'ai signé ce matin, hurla-t-il. J'ai signé! Vous ne pouvez plus rien faire. Détache-moi, arrête, salope!

Les yeux de Katia flamboyaient derrière ses lunettes.

— Si Khalil, je peux encore te tuer, dit-elle d'une voix douce. Tu t'es cru fort en faisant mettre de l'héroïne dans la voiture d'Alia... Tu vas payer. »

Khalil Jezzine n'écoutait plus.

Il l'injuriait, criait, pleurait. Son sexe déchiré le brûlait. Quand il sentit les doigts de Katia s'enrouler de nouveau autour de lui, il cria avant même qu'elle ne l'ait touché. De nouveau, les griffes s'enfoncèrent dans sa chair, encore plus profondément que la première fois.

Cette fois, le poignet de Katia remonta d'un geste sec, ouvrant la peau délicate. Un sang épais jaillit. Khalil perdit connaissance dans un spasme de douleur. Katia contemplait avec satisfaction son œuvre. Méchamment, elle effleura le gland avec une des pointes acérées, l'enfonça et retira, enlevant un petit morceau de chair, là où il y avait des milliers de terminaisons nerveuses.

Sous la douleur inhumaine, Khalil reprit connaissance, suffoquant de douleur. Katia s'interrompit quelques instants pour prendre le pouls du gros homme. Elle voulait éviter un accident cardiaque tant qu'elle ne l'aurait pas fait payer.

Elle pensa à Malko et une bouffée de haine la durcit encore. C'est lui qu'elle aurait aimé tenir à sa merci, entendre hurler de douleur.

Des coups violents ébranlèrent la porte d'entrée. Katia se leva et nu-pieds, alla écouter. Elle revint se pencher sur Khalil.

— La brigade 16 est dehors, dit-elle avec une sombre satisfaction, mais ils ne pourront pas entrer, il y a une barre de fer.

Elle passa une de ses griffes d'or à son médium gauche et commença à effleurer le membre de Khalil de ses deux mains. D'abord, elle le griffa très légèrement pour le ranimer, puis les deux griffes s'enfoncèrent en même temps dans la peau délicate qui protégeait la colonne de chair, la déchirant comme du papier. Il y avait maintenant une petite mare de sang entre les jambes du Libanais.

Le regard fixe, Katia continuait à enfoncer ses griffes d'or, déchirant le sexe chaque fois un peu plus. Khalil hurlait sans discontinuer, un cri de fausset d'homme fou de douleur. Derrière la porte, les coups redoublaient.

.·.

Massés sur le palier du dessous, les voisins observaient les policiers de la brigade 16 tenter d'enfoncer la porte. Le serrurier qu'ils avaient appelé se redressa, découragé.

— Cela va prendre des heures, ce sont des verrous de sûreté.

A chaque hurlement de Khalil, il sursautait. Les cris étaient insupportables. A se boucher les oreilles.

— Mais qu'est-ce qu'elle lui fait? demanda le capitaine en béret rouge.

Malko n'osait pas y penser.

— Il faut employer un bazooka, dit-il. Sinon, elle aura dix fois le temps de le massacrer.

Le policier secoua la tête :

— Je n'en ai pas et il me faudrait une autorisation du chef de la police.

— Peut-être qu'avec une grenade... suggéra Elie.

— Je n'en ai pas, dit le policier.

Elie échangea un regard avec Malko.

— Je pourrais peut-être en trouver une.

Ecartant les policiers, il dégringola les marches poursuivi par les cris de Khalil Jezzine.

∴

Katia enfonça la griffe de sa main droite presque jusqu'au canal de l'urètre et Khalil eut un sursaut d'agonie. Très lentement, elle commença à déchirer vers le haut. Le sexe du Libanais ressemblait à une banane mal épluchée avec des lambeaux sanglants qui pendaient sur les testicules. Par moments, il s'évanouissait, ou alors, il hurlait comme une bête, quand Katia mettait à vif un nouveau nerf.

Les yeux fixes, comme hallucinés, elle continua sa lente ascension dans l'horreur. Rêvant qu'il s'agissait de Malko.

Un jet de sang jaillit jusqu'à son visage, comme un orgasme atroce et elle s'essuya distraitement. Puis, pour changer un peu, elle enfonça une des griffes dans le testicule gauche. Khalil bondit comme une baleine hors de l'eau et retomba sur le siège.

— Ah! oh!

Il s'évanouit. Contrariée de cette erreur, elle retira la griffe. Il ne fallait pas que Khalil meure. Enfin, pas tout de suite.

Une violente explosion la fit sursauter. Cela venait de l'entrée. Aussitôt, l'odeur âcre d'explosif envahit l'appartement. Katia se leva et fonça dans le couloir. Il y avait un trou gros comme une tête d'enfant dans la doublure d'acier de la porte et une des serrures pendait arrachée. Une voix cria en arabe :

— Ouvrez tout de suite!

Katia sourit dans le noir. Il y avait encore la barre. Elle retourna à la salle de massage. Elle

prit une fiole pleine d'un liquide ambré et en
remplit une seringue. Elle la posa près d'elle et
reprit son horrible massage, de bas en haut. Maintenant que la peau était entièrement déchiquetée,
elle taillait dans la chair recroquevillée. Khalil
Jezzine n'émettait plus qu'un râle ininterrompu
avec des pointes de cris aigus, à rendre fou...
La mare de sang s'élargissait implacablement sous
lui.

Ils arriveraient quand même trop tard pour le
sauver.

*
* *

Elie accrocha sa grenade à la poignée et arracha
la goupille. En trois bonds il eut rejoint les policiers et Malko réfugiés sur le palier inférieur. Le
sergent de la brigade 16 remarqua :

— Ce n'est pas très correct...

Malko se retourna, cinglant :

— Ce qui se passe à l'intérieur non plus n'est
pas très correct...

Le quartier était en état de siège, des projecteurs
montés sur le toit voisin de l'immeuble de la Croix-
Rouge éclairaient le dernier étage. Une ambulance
attendait en bas. Réveillé par Malko, Jerry Cooper
avait rejoint, catastrophé.

La grenade explosa en faisant trembler les murs.
Les policiers à plat-ventre se relevèrent. Malko tira
le serrurier terrorisé.

— Allez-y.

L'ouvrier vint se coller contre la porte et parvint à passer la main à l'intérieur, cherchant à
ouvrir les deux verrous restants. Un déclic. L'un

des verrous était ouvert. Soudain, il se retourna :

— Il y a une barre. Elle est coincée.

Il s'arcbouta pour la décrocher et poussa un hurlement aigu.

A toute vitesse, il retira sa main, couverte de deux traînées sanglantes... Katia était venue à pas de loup l'empêcher de continuer.

— Je ne marche plus, dit-il, même si vous me donnez mille livres.

Malko s'agenouilla aussitôt à sa place et passa le bras de l'autre côté. En dix secondes, il eut tourné le troisième verrou. Il restait la barre. D'un effort surhumain, il la fit sauter hors de son logement. La porte s'entrebâilla. Les policiers se ruèrent à la suite de Malko, dans l'appartement sans lumière.

*
**

Il ne restait plus que des lambeaux innommables de ce qui avait été la fierté de Khalil Jezzine. Les griffes d'or ne trouvaient même plus de débris assez grand pour s'enfoncer. Katia venait d'enfoncer ses armes dans la main du serrurier. Elle ne tiendrait plus longtemps, c'était une question de minutes.

Elle prit la seringue qu'elle avait préparée, piqua l'aiguille et poussa le piston. Aussitôt, Khalil fut pris d'un tremblement convulsif et gémit. Katia jeta la seringue et se pencha à son oreille.

— Je viens de t'injecter de l'acide dans la vessie, souffla-t-elle. Tu vas souffrir le martyre.

⁖

Malko arriva le premier dans le salon de beauté, et s'arrêta, horrifié. L'odeur de sang et d'urine était insupportable. Quant au spectacle, il valait mieux ne pas en parler. Un jeune policier, entré derrière lui, se détourna et vomit.

Mais Khalil était seul.

Malko se souvenait de la topographie de l'appartement. Il se précipita vers l'autre porte et se trouva nez à nez avec Katia. Il eut le temps de voir les griffes viser ses yeux et se rejeta en arrière.

— Attention, elle est là!

Elie et les policiers se précipitèrent. Sans hésiter, Katia se jeta contre la fenêtre fermée et passa à travers. Un grand cri monta de la foule massée en bas de l'immeuble.

Deux infirmiers chargeaient déjà Khalil sur une civière. Il respirait encore, mais hurlait sans interruption. Avec d'infinies précautions, on le descendit. Malko et Elie suivaient. Malko monta dans l'Alfa-Roméo qui suivit l'ambulance. Le temps s'était remis au frais et il n'y avait plus un chat dans les rues. La sirène hurlante du véhicule faisait sursauter les marchands d'oranges serrés frileusement autour de leur lampe à acétylène, le long du bord de mer. Le feu clignotant bleu jetait une lueur sinistre. Ballotté, Malko essayait de surmonter son dégoût. Khalil ne méritait pas un sort aussi horrible.

Tout à coup, le feu clignotant bleu s'éteignit, et l'ambulance ralentit nettement. Elie donna un coup de frein, tourna la tête et rencontra le regard las de Malko.

∴

Malko relut pensivement le télex de Jerry Cooper. Mouna l'attendait dans la pièce voisine, encore plus belle dans ses vêtements de deuil.

« Contrat finalement signé. Opération malheureusement terminée avec extrême préjudice pour Khalil Jezzine. »

Toujours l'art de l'*understatement*. A la Centrale Intelligence Agency, on était entre gens de bonne compagnie.

BLADE

Suivez le récit des aventures de Blade,
cet homme hors pair quand il prend son
départ fulgurant pour des dimensions
inconnues.

Découvrez les enquêtes de la

BRIGADE MONDAINE

qui osent enfin révéler les dossiers indiscrets
des policiers pas comme les autres ?

Chez votre libraire le n° 62

LE DÉMON
DU PEEP-SHOW

LES ANTI-GANGS

Les Anti-gangs, une équipe d'hommes durs et implacables qui tuent et se font tuer dans un combat sans merci.

Achevé d'imprimer en février 1985
sur les presses de l'Imprimerie Bussière
à Saint-Amand (Cher)

— N° d'Édition : 9874. — N° d'Impression : 463. —
Dépôt légal : 2ᵉ trimestre 1972.

Imprimé en France